Make love, not war!

© 2020 Robert Müller

Neuauflage (2)

Verlag und Druck:
tredition GmbH, Halenreie 40-44, 22359 Hamburg

ISBN 978-3-7497-2690-5 (Taschenbuch)
ISBN 978-3-7497-2691-2 (Hardcover)
ISBN 978-3-7497-2692-9 (e-Book)

Bibliografische Information der Deutschen Nationalbibliothek:
Die Deutsche Nationalbibliothek verzeichnet diese Publikation in der Deutschen Nationalbibliografie; detaillierte bibliografische Daten sind im Internet über http://dnb.d-nb.de abrufbar.

Robert Müller

Shivas (Ab)Wege

Grenzüberschreitungen für ein besseres Leben

Ein #MeToo-Roman

Ein gesellschaftskritischer Roman über menschliche Leidenschaften und kriminelle Machenschaften an einem ewig topaktuellen Thema – dem Streben nach einem (vermeintlich) besseren Leben

Personen und Handlung sind frei erfunden. Allfällige Bezüge zu aktuellen oder früheren politischen und gesellschaftlichen Entwicklungen sind gewollt, nicht aber eine Bezugnahme auf bestimmte Personen, Parteien oder Institutionen.

Ich danke meiner Frau
für die gewohnt gewissenhafte Korrektur
und die Unterstützung und Zeit,
dieses Werk verfassen zu können.

Text und Grafik: R. v. M.
Eigenverlag, Erstauflage Wien 2019
Alle Rechte vorbehalten
Kontakt und Bestellwunsch siehe letzte Seite sowie
www.buecher-rvm.at

Vorwort

Täglich verbreiten die Boulevard-Medien Vorwürfe wegen (angeblicher) sexueller und wirtschaftlicher Verfehlungen. Bad news are good news. Es ist deren zunehmend untaugliches Geschäftsmodell, das zu deren (monetärem) Glück durch Berichte der #MeToo-Bewegung befeuert wird. Weniger zum Glück der meist ‚honorigen' Personen, die oft am medialen Scheiterhaufen landen. Ob zu Recht oder zu Unrecht, ist angesichts des Wandels der Sitten und Gesetze durch die Zeiten und Kulturen leichter aktuell und punktuell als generell beantwortbar.

Meine #MeToo-Reihe von gesellschaftskritischen Sex&Crime-Romanen soll dabei helfen. Sie thematisiert (stets frei erfunden) in Band 1 ärgste sexuelle Übergriffe von Dienstgebern an Dienstnehmerinnen, in Band 2 (kriminelle) Beziehungsprobleme am Lebensende eines alten Mannes, in Band 3 den Komplex Ehe-Kirche-Zölibat, in Band 4 die Flucht in die Prostitution statt in ein (vermeintlich) besseres Leben, in Band 5 die Naivität, mit der sich Menschen anderen und kriminellen Banden (sexuell) ausliefern, und im (vorläufig) letzten Band 6 der ersten Staffel dieser Reihe den Missbrauch der #MeToo-Debatte zum eigenen Vorteil.

Viel Vergnügen beim Lesen und darüber Nachdenken!

R. v. M.

Kap_1 Prolog: Meine kleine Welt

Um mich herum ist es finster. Keine erdrückende, pechschwarze Finsternis, nein, eher eine bedrückende, bleiche Düsternis. Sehen im eigentlichen Sinn des Wortes kann ich diese nicht, aber förmlich mit Händen greifen. Sie fühlt sich an wie aufgehender grauer Brotteig, wie die langsame Metamorphose einer der berühmten weißen Nächte nahe dem nördlichen Polarkreis in einen nebeligen Herbstmorgen. Trübe Nebelschwaden wabern um mich und lassen mich nicht erkennen, wo ich bin.

Ich will mich erheben. Ach, was sage ich: erheben. Ich kann es nicht, sosehr ich mich auch bemühe. Meine Gliedmaßen versagen mir in der klebrigen Düsternis den Dienst. Sie geben mir nicht einmal eine Rückmeldung darüber, ob ich liege oder aufrecht oder kopfüber stehe. Ich treibe träge schwere- und orientierungslos in einem Sumpf aus grauem Brotteig dahin, umweht von düster und unheimlich wallenden Nebelschwaden.

Um mich herum höre ich undeutlich eine Stimme. Ich kann nicht sagen, was sie sagt, woher sie kommt und wem sie gehört. Sie ist einfach da, einmal lauter, einmal leiser. Dann wieder gar nicht.

Alles um mich ist unwirklich. Ich muss wohl träumen, sage ich mir. Wären da nicht die Schmerzen. Seit wann hat man im Traum Schmerzen? Vielleicht bei Albträumen. Ja, so muss es wohl sein.

Nach und nach wird es um mich heller und lässt mich erleben, wie die Umgebung um mich herum zuerst nur schemenhaft, dann immer deutlicher Gestalt annimmt. Es ist der vertraute Anblick, den ich täglich wahrnehme und gleichermaßen zu lieben wie zu hassen gelernt habe. Es ist meine Welt, meine eigene kleine Welt, auch wenn sie natürlich nicht mir gehört.

Eigenartig ist dabei nur, dass ich mich dabei quasi aus der Vogelperspektive wie eine fremde, andere Person beobachte, die an einem Fenster steht und diese kleine Welt versonnen betrachtet.

Gegenüber ein riesiges Weizenfeld, dessen schon fast reife Ähren sich wie Meereswellen bei einer leichten Brise wiegen. Ein in seiner ewigen Gleichartigkeit mich immer wieder gleichzeitig aufregender wie beruhigender Anblick.

Unter mir eine Straße, die diese Bezeichnung nicht verdient. Treffender wäre, sie als überbreiten Feldweg zu bezeichnen, der von unzähligen Schlaglöchern übersät ist. Wie Narben bezeugen diese ein langes, leidvolles Dasein im Dienste der Mobilität. Die wenigen Fahrzeuge, welche die Straße täglich quälen, sind nämlich vielfach noch mit eisenbeschlagenen Rädern ausgestattet und werden von Pferden oder Eseln gezogen, deren Hufe das ihre tun, um das Leben der Fahrbahn zu verkürzen.

Nur selten verirren sich moderne Fahrzeuge hierher, deren Gummireifen den Straßenbelag sanft streicheln. Warum sollten sie es auch? Was sollten sie hier suchen wollen?

Blickt man die Straße nach links, so verliert sie sich irgendwo zwischen Feldern am Horizont. Dort ist das eine Ende meiner kleinen Welt.

Das andere Ende meiner kleinen Welt sieht man, wenn man nach rechts blickt. Dort kann man in der Ferne eine kleine Kapelle und einige wenige Häuser erkennen. Was sage ich? Häuser? Hütten wäre für diese ebenerdigen, aus Holz und Feldsteinen errichteten Gebäude wohl zutreffender. Klein und feucht. Und in erbärmlichem Zustand – so wie ihre Bewohner auch.

Auch ich wuchs in einem dieser Häuser auf, in einem ganz besonders desolaten. Jetzt lebe und arbeite ich aber hier im Gasthof und betrachte aus einem seiner Fenster meine kleine, erbärmliche Welt.

Kap_2 Ein Hahn namens Valentin

„Shiva!"

„Shiva! Wo bleibst du denn?"

Ich rieb mir den Schlaf aus den Augen. Oh weh, sagte ich mir, das konnte heute ja ein richtig netter Tag werden. Mein Chef, der Wirt, verstand keinen Spaß, wenn ich meine Arbeiten nicht pünktlich und ordentlich erledigte. Warum sollte er auch?

Ich öffnete das kleine Fenster in der Dachgaupe, das meine Kammer mit Luft und Licht versorgt. Von dort habe ich direkte Sicht zur Turmuhr, die der ganze Stolz unserer kleinen Kapelle ist. Tatsächlich. Es war bereits zwei Minuten nach 5 Uhr Früh. Seit zwei Minuten sollte ich bereits meiner ersten Pflicht nachkommen, nämlich mich um die Hühner kümmern. Üblicherweise weckte mich unser Hahn Valentin rechtzeitig. Warum er das heute nicht getan hatte, war mir nicht klar, und blieb es zunächst auch, weil ich mich schleunigst meinen Pflichten widmen musste. Ohne besondere Morgentoilette oder gar Frühstück zog ich den Arbeitskittel über und eilte die knarrende Holztreppe nach unten, um die Hühner mit frischem Wasser und Futter zu versorgen. Damit lockte ich auch jene Hühner nach draußen in das Freigehege, die auf ihren Gelegen saßen. Auf diese Weise konnte ich dann unbehelligt die frischen Eier abnehmen und den Hühnerstall säubern.

Und dann sah ich ihn. Valentin lag in einer Ecke des Stalls. Der, wie der Name richtig vermuten lässt, kraftstrotzende Valentin. Der unumstrittene Schwarm einer großen Schar von Hennen, denen er sich bis zuletzt unermüdlich und aufopfernd gewidmet hatte. Er war offensichtlich tot – auch wenn man dafür keinen Grund sah, wie etwa eine Verletzung. Er war für mich der Inbegriff eines stolzen Mannes, der unerschrocken seine Weiber verteidigte und zudem selbstlos auf diese schaute, indem er ihnen oft das ihm zugedachte Futter überließ. So einen Mann wünsche ich mir einmal – natürlich in Menschengestalt. Selbst, wenn ich ihn mit anderen Frauen teilen müsste. Und nun: Niemals wieder würde mich Valentin mit seiner starken, männlichen Stimme wecken. Nie wieder.

Du wirst mir abgehen, lieber Valentin, sagte ich leise. Du warst mir immer ein treuer und lieber Freund. Du warst einer der wenigen, die mich in der Früh freundlich begrüßten, die mir aus der Hand fraßen und sich von mir streicheln ließen. Welche anderen Männer taten das je?

Mein Vater? Nein. Der war und ist sehr patriarchalisch orientiert. Für den war ich eben nur ein Mädchen, das sich folgsam einzufügen hatte und das bisher auch tat. Nähe war nicht angesagt.

Mein Bruder? Nein. Der versuchte großspurig in Vaters Fußstapfen zu treten und glaubte, dass ich auch ihm gegenüber folgsam zu sein hätte. Daraus resultierte immer wieder Streit, wobei sich nicht nur der Vater, sondern – für mich unverständlich – auch die Mama meist auf die Seite meines Bruders schlug.

Mein Chef? Nein. Da heißt es immer nur ,Hast du schon dies und das getan? Ja? Dann kümmere dich jetzt bitte um das!' Ja, er sagt wirklich ,bitte', aber in Wahrheit ist es ein Befehl. Nun ja, er ist mein Chef, er gibt mir Kost und Quartier und sogar ein wenig Geld. Dafür darf er wohl auch verlangen, dass ich ihm zu Willen bin. Ach, was sage ich. Zu Willen ist wohl missverständlich gesagt. Er hat sich mir niemals in einer Weise genähert, wie das viele andere Männer versuchten. Das, obwohl seine Blicke ausdrückten, dass er sich meiner weiblichen Reize durchaus bewusst war und ist. Aber seine bessere Hälfte, die Wirtin, hätte ihm da wohl ganz schön den Kopf gewaschen. Während er im Grunde ein gutmütiger Mann ist, ist sie nämlich eine Zange, eine richtige Keifen. Wenn sie mir etwas anschafft, kommt kein ‚bitte' über ihre Lippen.

An die vielen anderen Männer zu denken, die unsere Schenke besuchten, hatte ich keine Zeit. Vorsichtig nahm ich Valentin hoch und trug ihn zu meinem Chef.

„Bitte verzeihen Sie, dass ich heute verschlafen habe. Den Grund dafür habe ich mitgebracht. Mein Wecker Valentin hat heute nicht gekräht. Er ist tot."

„Schon gut. Schwamm drüber. Zeig her. Hoffentlich ist er bei Verrichtung seiner männlichen Pflichten an Überanstrengung gestorben", schmunzelte mein Chef trotz des traurigen Anlasses, um dann gleich wieder ernst fortzusetzen: „Denn wenn er an einer Krankheit gestorben ist, müssten wir genau schauen, ob nicht vielleicht die Hennen auch krank sind. Immerhin habe ich gehört, dass anderswo gerade die Hühner eingesperrt werden müssen, um sich nicht an der Vogelgrippe oder Hühnerpest oder was immer anstecken zu können."

„Und wie erkennt man das?"

„Weiß ich auch nicht. Aber ich werde mich darum kümmern. Du beobachtest bitte nur, ob sich die Hennen irgendwie anders benehmen."

„Das werden sie sicher, jetzt, wo sie kein Vergnügen mehr mit einem Hahn haben können und sich vielleicht vor Sehnsucht verzehren", kicherte ich.

„Typisch Shiva", kommentierte mein Chef meine pubertär-frivole Aussage trocken. „Ich werde mich aber nicht nur klugmachen, was eine mögliche Krankheit betrifft, sondern auch einen würdigen Nachfolger kaufen."

„Einen Valentin Nummer zwei?"

„Nenne ihn, wie du willst. Du bist für die Hühner verantwortlich. Aber jetzt schau, dass du noch die Kuh melkst und dann in die Küche kommst, um das Frühstück zu richten."

Kap_3 Alltag hier und dort

Nun ja, meine Morgentoilette musste heute warten. Das Frühstück richten gehört nun mal zu meinen Pflichten. Das ist insofern nicht schlimm, als dabei auch immer etwas für mich abfällt. Den Gästen fällt es ja nicht auf, wenn das Glas Orangensaft nicht ganz voll ist, oder wenn nur drei statt vier Blatt Schinken am Teller liegen. Erst recht nicht beim herausgebratenen Speck. Nur bei Spiegeleiern konnte ich nicht schummeln. Aber da ich die Eier abnahm, fiel es nicht auf, wenn ich mal eines für mich abzweigte. Achten musste ich nur, dass meine Chefin nicht in der Nähe war. Die war der Meinung, dass ein oder zwei Stück Butterbrot für mich genug Frühstück wären, während sie den Gästen mit immer neuen Angeboten den Mund wässrig und die Brieftasche leichter machte.

Ich verstehe sie. Denn die Gäste, die bei uns übernachteten und dann frühstückten, sind nicht sehr zahlreich. Unsere kleine Welt liegt eben wirklich am A… der Welt. Wenn sich jemand hierher verirrte, dann mussten die Wirtsleute versuchen mit ihm möglichst viel Geschäft zu machen. Und das gelang insbesondere deswegen, weil es keine Alternative gab. Weit und breit gab es kein anderes Wirtshaus, von Gästezimmern ganz zu schweigen. So konnte man ein wenig mehr verlangen als üblich. Nur so konnte das Wirtshaus überleben – und auch ich.

Am Ende meiner Schulzeit, die ich in der einklassigen Schule in unserem Dörfchen absolviert hatte, fand ich hier eine Anstellung. Und zwar als Mädchen für alles, also im Garten, im Stall, in der Küche, an der Schank, als Putzfrau, Abwäscherin und Wäscherin, als Gepäckträgerin und was halt sonst noch so alles in einem Gasthof an Arbeit anfällt. Das bringt mir zwar nur sehr wenig Geld, aber wenigstens Kost und Quartier.

Letzteres ist eine kleine Dachkammer, ausgestattet mit einem verzogenen wurmstichigen Kasten, einem wackeligen Tisch mit zwei Sesseln und einem quietschenden Holzbett mit Strohsack und Decken. Alles alt und nicht sehr bequem. Aber ich halte mich in diesem Raum ja sowieso nur sehr wenig auf. Denn mein Arbeitstag beginnt üblicherweise um 5 Uhr Früh und endet üblicherweise um 22 Uhr – und auch das nur, wenn keine Veranstaltung stattfindet. Die kann dann bis in den frühen Morgen des nächsten Tages dauern. Und das geht sieben Tage die Woche so, jahrein und jahraus. Ohne freien Tag, ohne Urlaubs- oder Abfertigungsanspruch, ohne Krankenversicherung. Denn ich arbeite dort unangemeldet ohne jeden Vertrag.

Und dennoch beneiden mich manche im Ort. Ich hungere nicht, ich friere nicht, und wenn ich einmal wirklich krank bin und oder begründet freihaben will, dann beweisen die Wirtsleute, dass sie keine Unmenschen sind. Sie kennen nichts anderes als diesen harten Alltag, weil sie ihn selber leben.

Ich kenne inzwischen jedoch auch etwas anderes. Nämlich aus dem Fernsehen. Im Gasthaus steht das einzige Fernsehgerät weit und breit, angesichts der großen Entfernung zum nächsten terrestrischen Sender sogar mit Satellitenempfang. Es ist mein Guckloch in eine fremde Welt weit draußen, unwirklich und ganz anders als hier in unserem kleinen Dorf.

Und was ich hier sehe, macht mich baff – und ein wenig neidisch. Da blickt man in einen Alltag, der ganz anders ist. Für viele beginnt der Arbeitstag erst um 8 Uhr und endet schon um 17 Uhr. Die Menschen arbeiten dort nur halb so lange wie ich. Zudem haben sie mehrere Wochen bezahlten Urlaub und bekommen selbst dann ihren Lohn weiterbezahlt, wenn sie gar nicht arbeiten, entweder weil sie krank sind oder vor kurzem die Arbeit verloren haben. Und obwohl diese Menschen eigentlich im Paradies leben, wirken sie müde, mürrisch und unzufrieden. Ich verstehe das nicht. Ich, die ich hier ein ganz anderes, viel schwereres Leben führe, führen muss, wäre dort wohl der glücklichste Mensch auf Erden. Ich würde vor Kraft strotzen, wäre fröhlich und mit mir und der Welt mehr als zufrieden. Nur – wie komme ich jemals dorthin in dieses Paradies?

Kap_4 Phantasien

Wenn ich abends an der Schank stehe und der Fernseher läuft, kann ich mich meinen Phantasien hingeben. Ich sehe nicht die Schauspielerin, sondern mich an ihrer Stelle in mondänen Kleidern auf den hell illuminierten Einkaufsstraßen bummeln, in ein Geschäft gehen und lässig mit meiner Bankkarte winken. Und schon werden mir sündteure Kleider und Schuhe samt dazu passenden Handtaschen gebracht. Von all dem wähle ich nur das Allerbeste aus. Das bin ich mir einfach schuldig. Das bin ich einfach wert!

Wenn ich dann aus dem Geschäft gehe, werfe ich dem Bettler an der Ecke nicht nur eine kleine Münze in den Hut vor seinem demütig gesenkten Kopf, sondern einen Geldschein. Ich schaue dem Mann nicht ins Gesicht. Ich will gar nicht wissen, wer er ist. Denn es ist nicht ausgeschlossen, dass ich in das Gesicht meines Vaters blicken würde. Dieser fährt nämlich immer wieder in den goldenen Westen, wie er zu sagen pflegt. Und ob er dort angesichts seiner angeblich angegriffenen Gesundheit arbeitet, ist mehr als fraglich. Es könnte durchaus sein, dass er dort bettelt. Ich habe ihn nie gefragt. Und ich will es genaugenommen gar nicht wissen. Das würde mich sehr belasten.

Wie auch immer: Ich weiß aus eigener Erfahrung, wie es diesen armen Leuten aus den Oststaaten geht und zeige mich daher in Spendierlaune. So verhält sich eben eine feine Dame von Welt. So jedenfalls wird es im Fernsehen als richtig und nachahmenswert gezeigt. Das sind die westlichen, humanen Werte, nach denen die Menschen dort leben. Angeblich. Ich war ja nie dort und beziehe all mein Wissen aus der Flimmerkiste. Und die wird mir doch nichts vorlügen – oder?

Wenn ich dann in den vor meiner Schank liegenden Gastraum blicke, erwache ich sehr schnell aus diesen Phantasien. Die große Welt dort draußen und die kleine Welt hier drinnen sind grundverschieden.

Da das Gasthaus immer wieder von Durchreisenden verschiedener Staatszugehörigkeit zur Nächtigung verwendet wird, schalten diese oft einen ausländischen Sender ein und sehen sich Filme in einer Fremdsprache an. Und so lernte ich langsam in den drei Jahren meiner Anstellung neben meiner Muttersprache rumänisch auch die deutsche und die englische Sprache. Nun ja, um ehrlich zu sein – mehr schlecht als recht. Aber immerhin: zur Not kann ich mich verständigen.

Das hilft mir und den Gästen. Einesteils, wenn es um Wünsche der Gäste an den Wirt oder umgekehrt der Wirtsleute an die Gäste geht. Andernteils, wenn es darum geht, einfach nur ins Gespräch zu kommen. Viele der Durchreisenden fühlen sich am Abend nach einer langen Autofahrt einsam und suchen ein Gespräch und menschlichen Kontakt. Und ich, die ich um diese Zeit an der Schank quasi als Barmädchen Dienst tue, bin hier ihr erstes, weil meist einzig mögliches Opfer.

Es wäre gelogen, wenn ich nun sagte, dass mir das unangenehm ist. Nein, obwohl so ein Gespräch oft sehr mühsam und missverständlich ist, macht es Spaß. Es schult meine Sprachkompetenz ebenso, wie es meine Weltsicht schärft. In diesen Gesprächen stellte sich die Welt mir dann oft ganz anders dar, als sie in der Flimmerkiste vorgeführt wurde.

Manchmal dienen die Gespräche den durchreisenden Männern auch nur zur Anmache. In ihrer Einsamkeit sind sie oft nicht nur hungrig auf ein Gespräch mit der jungen Frau an der Schank, sondern nach mehr. Einige Gläser Alkohol lösen nicht nur ihre Zunge, sondern auch ihre Hemmungen. Mehrfache Klaps auf meinen Po sind die ersten unbeholfenen Versuche, ihre sexuellen Wünsche zu artikulieren und auszutesten, wie ich als Frau auf derartige Angebote reagieren könnte. Dann kommen die Aufforderungen, mit ihnen gemeinsam ein Gläschen in Ehren zu leeren, bevor sie sich von ihrer Ehre ganz verabschieden.

Solange sich das in einigermaßen erträglichen Bahnen bewegt, sehen meine Wirtsleute dem Treiben zu, ohne einzuschreiten. Immerhin hebt das ihren Umsatz an alkoholischen Getränken gewaltig. Und sich mit einem Gast anzulegen, würde wohl nur dazu führen, dass dieser nicht mehr kommt. Also gingen allfällige Einmischungen eher an mich, nicht gar so prüde zu sein. Ein bisschen Spaß wie ein Klaps auf den Po, ein als unabsichtlich getarnter kurzer Griff auf die Brust oder ein geraubter Kuss gehören zum Leben eines jungen und noch dazu so hübschen Mädchens einfach dazu – sagen sie. Und sie haben recht, oder nicht?

Wie widerlich der klebrige Schmatz mit einem nach Alkohol stinkenden Mund in einem unrasierten Gesicht auf meinen Mund sein kann, das wollten sie nicht wissen. Schon gar nicht, wenn auch noch die Zunge mit von der Partie war – was sie allerdings nicht sehen konnten.

Oft ließen die Zudringlichen erst ab, wenn ich ihnen mit meinem Bruder drohte: „Sie wissen, dass bei uns Zigeunern die Ehre hochgehalten wird und wie locker die Messer sitzen. Also benehmen Sie sich in Ihrem eigenen Interesse wie zivilisierte Männer!"

Meist lachten die Männer daraufhin unsicher und ließen von mir ab, um kurze Zeit später stockbesoffen heim oder auf ihr Zimmer zu wanken.

Auf der anderen Seite gab es Männer, wo ich es bedauerte, dass sie brav und sittsam blieben, ja nicht einmal ein richtiges Gespräch mit mir suchten. Nicht nur, dass sie mir jungem, unerfahrenem Ding als Männer gefielen, sie waren darüber hinaus respektable Repräsentanten jener Welt dort draußen, in die ich so gerne kommen würde. Aber wie?

Mich diesen Männern an den Hals werfen, sie um den Finger wickeln? Nein. Ich war und bin zweifellos ein hübsches Ding. Aber für derlei war und bin ich zu unerfahren und unverdorben – noch!

Kap_5 Ein Gast

Ich stand in der Küche und half gerade der Wirtin das Mittagessen vorzubereiten. Valentins überraschender Abgang hatte den Speiseplan auf den Kopf gestellt. Statt Gemüsesuppe stand nun Hühnerbrühe am Programm. Denn die Idee, den alten Valentin als Brathuhn oder Backhuhn zu servieren, war angesichts seines Alters verworfen worden.

So hatte ich die Innereien ausgenommen, aus dem Garten Suppengemüse geholt und die Suppe zugestellt, die nun schon gut eine Stunde vor sich hin köchelte. Bei all diesen Arbeiten war ich ungewöhnlich unruhig gewesen.

Vielleicht lag es an der ungewohnten Stille, die nicht mehr regelmäßig durch Valentins Krähen unterbrochen wurde. Vielleicht hatte das mein Gehör geschärft, sodass ich das Zuschlagen einer Autotüre hörte, was ich sonst wohl nicht wahrgenommen hätte. Ich kenne bis heute den Grund nicht, warum ich immer wieder horchte, weiß aber inzwischen, wie recht mein Unterbewusstsein mit seiner Unruhe hatte. Denn es war jener Tag, der mein Leben grundlegend verändern sollte.

Als ich die Tür zum Gastraum öffnen hörte, legte ich das Salathäuptel, das ich gerade in seine Blätter zerlegte, beiseite, entledigte mich der Küchenschürze und ging in den Gastraum, um den neuen Gast zu begrüßen und nach seinen Wünschen zu fragen.

Vor mir stand ein Mann Ende dreißig mit graumeliertem, ursprünglich brünettem Haar, das noch keine Zeichen einer Tonsur zeigte. Seine kräftige, etwa

1,80 m große Gestalt steckte in einem grauen Anzug, der auf den ersten Blick billig wirkte, auf den zweiten Blick sich aber als Maßanzug aus bestem Stoff entpuppte. Kurz: Vor mir stand ein gepflegter, eleganter Mann von Welt. Ein Herr im besten Alter, wie man zu sagen pflegt. Mir stockte der Atem. Vor mir stand ein Traum von einem Mann, wie man ihn sonst nur als berühmten Schauspieler im Fernsehen und in seinen pubertären Träumen zu sehen bekommt.

„Guten Tag. Herzlich willkommen", stotterte ich. „Wie kann ich Ihnen dienen?"

Der Fremde musterte mich – amüsiert über meine unübersehbare Verwirrtheit – eine ganze lange Weile, ehe er antwortete: „Ich wüsste schon, wie Sie mir dienen könnten. Aber zunächst auch Ihnen einen guten Tag."

Ich war ob der geheimnisvollen Antwort noch mehr verwirrt. Zudem hat er, der Mann von Welt in seinem Understatement-Anzug, mich junges Ding gesiezt. Sonst duzen mich alle ungefragt: ‚Shiva, bring mir noch ein Bier', ‚Shiva, wer glaubst du, wird den Koffer aufs Zimmer tragen?', ‚Shiva, hast du schon die Zimmer fertig geputzt' usw.

Als ob der Mann meine Gedanken lesen konnte, hakte er hier ein: „Ich wollte Sie fragen, ob vielleicht noch ein Zimmer frei wäre?"

„Ja, natürlich", stotterte ich wieder.

„Und Sie wollen gar nicht wissen, für wie lange?"

„Doch, natürlich. Für wie lange brauchen Sie ein Zimmer. Und nur für Sie allein – oder warten draußen im Wagen noch andere Personen?"

„Ich bin allein unterwegs und brauche das Zimmer nur für eine Nacht."

„Also ein Einzelzimmer?"

„Ja. Aber wenn Sie keines freihaben, nehme ich auch ein Doppelzimmer. Das kann ich mir gerade noch leisten", antwortete der Fremde mit einem seltsamen Schmunzeln.

Was das Schmunzeln bedeutete, war für mich klar. Der Mann hat Geld. Der kann sich auch ein Doppelzimmer zur Einzelbenützung leisten. Also bot ich ihm das teuerste Zimmer an, das wir hatten.

„Für Sie als Mann von Welt kommt wohl nur unsere Suite infrage", überspielte ich meine Unsicherheit mit forschem Ton, wohl wissend, dass diese Suite mit den Hotel-Suiten, die ich aus dem Fernsehen kannte, nicht sehr viel gemeinsam hatte. „Es ist mit 26 m² unser größtes Zimmer, hat einen Vorraum und ein eigenes Bad samt WC. Sogar einen Kühlschrank gibt es im Zimmer. Und natürlich einen Balkon, der zu unserem Garten zeigt. Hier können Sie die Abendsonne abgewandt vom Verkehrslärm in Ruhe genießen."

Das mit dem Verkehrslärm war natürlich gelogen. Auf der Straße vor dem Gasthof fuhr nur alle heiligen Zeiten einmal ein Fahrzeug. Aber es gehörte nun einmal zu meinen Aufgaben, die Zimmer potenziellen Gästen in den buntesten Farben anzupreisen.

Der Fremde nickte nur kurz, ohne nach dem Preis zu fragen, machte kehrt und ging hinaus, wo er ein kurzes Telefonat führte. Und zwar deutsch, obgleich er zuvor mit mir rumänisch verhandelt hatte. Offenbar hat er seiner Firma oder seiner Familie Bescheid gegeben, wo er gerade war.

Mir war unklar, ob das fast unmerkliche Nicken nur ein kurzer Abschiedsgruß gewesen war oder die Zustimmung, das Zimmer zu mieten? Bevor ich zu einer Entscheidung kam, trat der Fremde schon wieder ein. In der linken Hand trug er einen mittelgroßen Koffer. Ich stürzte gleich auf ihn hin und wollte ihm den Koffer abnehmen. Immerhin war es meine Aufgabe, den Gästen ihre Zimmer zu zeigen und deren Gepäckstücke dorthin zu tragen. Lift gab es ja keinen.

Als sich meine Hand um seine schloss, um ihm den Koffer abzunehmen, schaute er mich mit seinen dunkelbraunen Augen warm an, ohne den Koffergriff loszulassen.

„Sie wollen doch nicht etwa mir, einem gesunden Mann in den besten Jahren, diesen leichten Koffer abnehmen, junge Dame?", spielte er den Schmollenden. „Nichts da. Aber da Sie mich ja wohl zur Suite leiten wollen, ja müssen, schlage ich vor, dass wir den Koffer gemeinsam die Treppe in mein Zimmer hinauftragen."

Und so kam es, dass ich das erste Mal in meinem Leben mit einem mir unbekannten Mann Hand in Hand ging. Das Gefühl, das ich dabei spürte, war ein ganz neues, prickelndes, das mich wohlig durchströmte. Ganz anders als jenes ekelhafte Empfinden, das ich spürte, wenn mich ein betrunkener Gast an der Hand zu sich auf den Schoß ziehen wollte.

Kurze Zeit später standen wir in der Suite, wo sich unsere Hände lösten, als wir den Koffer abstellten. Irgendwie empfand ich es als Verlust.

Der Fremde sah sich um, zuerst im Bad, dann am Balkon, zuletzt im Zimmer selbst. Die Einrichtung war zwar schon alt, aber in gutem und sauberem Zustand: ein Tisch mit zwei Armsesseln, ein dreiteiliger Kleiderschrank mit getrenntem Hänge- und Liegeteil und sogar einer Spiegeltür, ein breites Doppelbett mit Nachtkästchen auf beiden Seiten, darüber ein echtes Ölbild mit der Gottesmutter darauf.

Schließlich setzte er sich probeweise auf das Bett, um die Härte der Matratze zu testen. Ja, er musste nicht wie ich auf einem Strohsack liegen und sich mit Wolldecken zudecken. Er fand eine breite Daunendecke und zwei Federpolster vor, die in sauberen, nicht geflickten Leinenüberzügen steckten. Ich weiß das am besten, weil ich ja als Stubenmädchen und Wäscherin für die Sauberkeit des Raumes und der Bettwäsche verantwortlich bin.

„Ich hoffe, ich habe alles zu Ihrer Zufriedenheit hergerichtet", haschte ich nach Lob aus seinem Mund.

Als er zustimmend nickte, war ich sehr zufrieden – ja mehr. Ich war über sein wortloses Lob glücklich, wirklich glücklich. So glücklich, dass ich seine Hand länger als notwendig berührte, als ich ihm den Zimmerschlüssel in die Hand drückte. Irgendwie hatte ich von den schmierigen Typen, die das seit Jahren bei mir praktizierten, gelernt, wie man das macht.

Er hatte das offenbar nicht bemerkt. Jedenfalls ließ er sich nichts anmerken, sondern kam gleich zur nächsten wichtigen Sache:

„Wenn Sie nun neben dem schönen Zimmer mir auch ein ordentliches Mittagessen bieten können, wäre ich sehr glücklich."

Hatte er wirklich glücklich gesagt? Könnte ein Mann von Welt mit diesem einfachen Zimmer und einem Mittagessen, wie wir es hier reichen können, wirklich glücklich gemacht werden. Wäre ich an seiner Stelle, so wäre die Wortwahl verständlich. Aber er? War er, Kost und Quartier betreffend, nicht weit Besseres gewohnt?

Wieder schien er meine Gedanken erraten zu haben, als er fortfuhr: „Es muss nichts Großartiges sein. Ich bin nur auf der Durchreise und will schließlich kein Fest feiern."

,Leider', kommentierte mein Unterbewusstsein ungefragt die morgige Abreise. Wirklich schade! Da kommt einmal ein attraktiver, sympathischer Mann – was sage ich, ein richtiger Herr – in unserem Dörfchen vorbei, und muss schon am nächsten Tag wieder weiter. Wie schön wäre es, mit ihm ausgelassen ein Fest feiern, zu scherzen und – vielleicht – sich näher kennenlernen. Während das Unterbewusstsein sich resignierend in sein Schneckenhaus zurückzog, antwortete das Bewusstsein artig und höflich, wie es sich gehört:

„Bei uns gibt es üblicherweise nur ein einziges Menü. Heute Hühnersuppe mit Nudeln, danach Reisfleisch mit grünem Salat. Eine Nachspeise in Form einer fertigen Torte oder eines Kuchens haben wir leider nicht. Dafür verirren sich zu selten Gäste hierher, als dass wir das bereithalten könnten."

Dass mein armer Valentin das Fleisch für die Suppe und das Reisfleisch geliefert hatte, musste der Fremde nicht wissen. Auch nicht, dass mein Zusatzangebot ein freiwilliges, ganz außerordentliches, noch nie dagewesenes war: „Aber wenn Sie danach noch Lust auf etwas Süßes haben, mache ich Ihnen gerne noch eine Palatschinke mit Marillenmarmelade. Letztere ist übrigens von mir hausgemacht. Der Marillenbaum steht unmittelbar vor Ihrem Balkon. Daneben sehen Sie unseren Kräuter-

und Gemüsegarten, aus dem ich vor wenigen Minuten den grünen Salat und davor das Suppengemüse erntefrisch holte. Die Milch ist auch ganz frisch. Ich habe sie heute Morgen von unserer Kuh Fella gemolken."

„Oh, da bekomme ich ja wirklich etwas ganz Besonderes. Alles frisch und natürlich. Anders als bei uns."

„Wieso anders als bei ihnen. Im deutschen Fernsehen sehe ich immer wieder riesig lange Regale und Kühlvitrinen voll von Köstlichkeiten, die wir gar nicht haben. Und alles ist von amtlich geprüfter Qualität, vieles sogar bio, wie man bei ihnen sagt."

Der Fremde sah mich durchdringend an und sprach plötzlich statt rumänisch nun deutsch zu mir. „Wenn Sie immer wieder deutsches Fernsehen anschauen, so müssten Sie mich jetzt eigentlich verstehen. Könnten Sie mir bitte in Deutsch die Frage beantworten, seit wann Sie hier schon deutsches Fernsehen anschauen."

Ich antworte wie verlangt in holprigem Deutsch: „Das sein schon drei Jahre."

Der Fremde nickte und fuhr dann wieder auf Rumänisch fort: „Na ja, über das Thema bio könnten wir beide lange diskutieren. Außer Diskussion steht für mich jedenfalls, dass Sie, junge Dame, offenbar ein sprachbegabter Tausendsassa sind, der hier für alles zuständig ist und – um es umgangssprachlich auszudrücken – den ganzen Laden schupft. Wirklich toll! Meine ehrliche Hochachtung."

„Ganz so ist es nicht, werter Herr. Die Wirtsleute arbeiten natürlich auch mit."

„Sie bestätigen meinen Eindruck gerade, indem Sie von ‚mitarbeiten' reden. Und damit es dabei bleibt, gehen Sie nun bitte zurück in die Küche und helfen, dass ich bald ein Mittagessen bekomme. Ich habe einen Riesenhunger. Wenn ich den Koffer ausgepackt habe, komme ich hinunter."

„Das wird wohl zu früh sein", antwortete ich, und ergänzte mit aller Weichheit, zu der eine Frauenstimme fähig ist: „Ruhen Sie sich ein wenig von der sicher strapaziösen Fahrt auf unseren erbärmlich schlechten Straßen aus. Ich komme Sie dann gerne holen."

Kap_6 Mittagessen

Unten in der Küche angekommen war es so wie erwartet. Die Wirtin hatte nicht weitergemacht. So musste nun ich den Reis sieben, waschen und zustellen. Während der Reis dünstete, komponierte ich aus unseren Paradeisern mit viel Paprika und anderen Gewürzen eine Sauce. Dann seihte ich die Suppe ab und gab das gekochte Suppenfleisch, nachdem ich es klein geschnitten hatte, in die Sauce, wo ich es weiter garen ließ. Währenddessen zerlegte ich das Salathäuptel endgültig in seine Einzelteile und richtete diese mit Essig und Öl appetitlich her. Kurze Zeit später war der Reis fertig und wurde mit der Sauce und dem Kleinfleisch ordentlich durchgemischt. Anders als sonst machte mir heute das Kochen Spaß. Ich wollte dem Fremden zeigen, dass ich wirklich ein Tausendsassa bin. Ja noch mehr – ich wollte ihn mit meinem Mittagessen verwöhnen. Anders als sonst rieb ich daher noch ein wenig Käse, um das Reisfleisch und den Salat damit zu garnieren.

Dann deckte ich für ihn auf. Für ihn allein, denn die Wirtsleute essen gewöhnlich bei sich im Wohnzimmer, ich in der Küche. Zuletzt holte ich ein paar Blumen aus dem Garten und stellte sie in einer Vase vor sein Gedeck.

Zufrieden betrachte ich mein Werk. ‚Ja, Shiva, das hast du gut gemacht', lobte ich mich selbst. Dann sagte ich den Wirtsleuten Bescheid und ging nach oben, um den Fremden zu holen. Schüchtern klopfte ich an die Tür. Nachdem sich auch nach nochmaligem Klopfen nichts gerührt hatte, öffnete ich ungebeten.

Der Fremde stand am Balkon. Obwohl er dort offenbar mein Klopfen nicht gehört hatte, nahm er mein Eintreten wahr. Wahrscheinlich hat er mich aus den Augenwinkeln gesehen. Egal. Er winkte mich freundlich zu sich und zeigte hinunter in den Garten.

„Ich habe mir eben den Garten angesehen. Wie sauber und gepflegt alles ist. Keine Unkräuter und Kräuter, wo sie nicht hingehören. Und auch die sinnvolle Anordnung. Bei uns gibt es eigene Sendungen mit Ratschlägen, welche Pflanzen man wo und mit welchen anderen gemeinsam anpflanzen soll. Ich nehme an, dass all das Ihr Werk ist. Woher wissen Sie das alles?"

„Ja, es ist mein Werk. Die Gartenpflege gehört zu meinen Aufgaben. Und das Wissen darüber habe ich genau von den Sendungen im Fernsehen, von denen Sie eben sprachen."

„Schön. Aber ersichtlich ist das alles nicht das Ergebnis bloßer Pflichterfüllung. Da gehört ein hohes Maß an Liebe dazu. Schauen Sie sich diese Pracht von Blumen an. Wunderbar! Im Übrigen sah ich, dass Sie gerade im Garten waren und ein paar Blumen pflückten. Ich nehme an, dass ich diese Blumen am Esstisch vorfinden werde – oder?"

„Ja", war meine schlichte Antwort.

„Sie haben nicht bemerkt, dass ich Sie vom Balkon aus beobachtete. Deswegen wusste ich auch, dass das Essen bald fertig sein würde und Sie mich holen kommen würden. So war es auch keine Überraschung, als ich Sie eintreten sah, obgleich Sie nicht geklopft haben."

„Doch, habe ich, sogar mehrfach", antworte ich. „Bitte entschuldigen Sie meine Unhöflichkeit. Das war dumm. Schließlich regte ich selbst an, dass Sie sich ausruhen sollten. Ich hätte Sie also im Schlaf stören oder gar nackt unter der Dusche vorfinden können."

„Ist aber nicht passiert. Und wenn, hätten wohl Sie einen größeren Schrecken bekommen als ich. Oder?"

Ich wollte darauf nicht antworten. Er musste nicht wissen, wie unerfahren, ja verklemmt ich in Wahrheit noch war. Denn selbst zu Hause waren mein Vater wie mein Bruder darauf erpicht gewesen, sich möglichst nicht vor mir nackt zu zeigen.

Als wir unten ankamen, sah ich den Fremden erstmals ein wenig ungehalten.

„Was ist?", fragte ich. „Fehlt etwas? Ja, natürlich, das Getränk. Aber ich wusste nicht, was Sie trinken wollen."

„Ja, das fehlt auch. Ein Krügel Bier bitte. Aber viel etwas Wichtigeres fehlt."

„Ich verstehe nicht", war meine unsichere Antwort.

„Es fehlt das zweite Gedeck."

„Wie bitte? Sie sagten, Sie reisen allein. Für wen hätte ich ein zweites Gedeck auflegen sollen?"

„Natürlich für Sie."

„Aber ich esse nie bei den Gästen, sondern stets allein in der Küche, und zwar das, was übrigbleibt."

„Nichts da. Heute essen Sie mit mir. Wäre ja noch schöner, wenn ich hier mutterseelenallein essen müsste."

Sein Ton war so, dass er keinen Widerspruch duldete. Also holte ich für ihn das verlangte Glas Bier, dann für mich Teller und Besteck und setzte mich ihm gegenüber an den Tisch. Aus den Augenwinkeln sah ich die Wirtsleute ungläubig aus der Küche lugen, als sie sich ihr Essen holten. Das würde sicher Schelte nach sich ziehen, aber erst, nachdem der Gast abgereist war. Im Moment war ich sicher und – ich gebe es zu – genoss es, einmal nicht allein und nicht in der Küche das Essen hinunterzuschlingen.

„Sie haben sich viel Mühe gegeben, junge Dame. Vor allem über die Blumen freue ich mich sehr. Insbesondere, weil ich glaube, dass Sie diese extra für mich gepflückt haben."

„Warum glauben Sie das?", fragte ich scheinheilig. Denn er hatte natürlich absolut recht.

„Weil an keinem anderen Tisch Blumen stehen."

„Stimmt. Aber sehen Sie an irgendeinem anderen Tisch einen Gast sitzen?"

Er sah mich nachdenklich an, bevor er sprach. „Das war gut gekontert. Dennoch bleibe ich bei meinem Glauben. Bisher bin ich mit meiner Menschenkenntnis ganz gut gefahren. Und ich wüsste nicht, warum ich mich in Ihnen täuschen sollte."

„Gut. Ich gestehe. Ich habe die Blumen Ihnen zuliebe gepflückt. Denn ich pflücke nicht gerne Blumen. Ich lasse Sie lieber im Garten leben und erfreue mich dort an ihrem Anblick, statt ihren Todeskampf in der Blumenvase miterleben zu müssen."

„Wieder gut geantwortet, junge Dame. Aber manchmal geht es nicht anders. Manchmal muss man etwas an der einen Stelle ausreißen, um es an anderer Stelle weiterleben zu lassen. Dazu muss dieses Etwas aber nicht unbedingt sterben. Man könnte die Blume samt Wurzeln ausgraben, in einen Topf setzen und andernorts anderen Menschen mit ihrer Schönheit Freude bereiten."

„Sie haben recht", sagte ich ein wenig zerknirscht. „Das hätte ich tun sollen. Ich wollte Ihnen einfach eine Freude machen, wie es zur gleichen Zeit Millionen andere Menschen auch tun, indem sie Schnittblumen verschenken. Wie konnte ich wissen, dass auch Sie die Sache so wie ich sehen?"

„Das konnten Sie wahrlich nicht. Aber ich wollte Sie nicht rügen. Wirklich nicht. Es ist nur so, dass ich viele Dinge ein wenig anders sehe als die meisten meiner Zeitgenossen. Und aus einem ganz banalen Gespräch wie eben jetzt zu Blumen gelangt man mir-nichts-dir-nichts in tiefgründige Diskussionen über Gott und die Welt. Da müssten Sie erst meinen Vater kennenlernen. Gegen den bin ich ein wahrer Waisenknabe, was Grundsatzdiskussionen betrifft."

„Ihr Vater?"

„Über den reden wir jetzt sicher nicht. Sonst ist das Essen ganz kalt. Ich wünsche guten Appetit."

Und so genehmigten wir uns die Suppe und dann das Reisfleisch mit Salat wortlos, aber nicht kommunikationslos. Ich ertappte mich und ihn immer wieder dabei, wie wir uns gegenseitig beobachteten und taxierten. Endlich lehnte sich der Fremde mit einem bewussten Laut des Wohlbehagens zurück.

„Es war köstlich, liebe junge Dame. Selbst in den Hauben-Lokalen, in denen ich gelegentlich speise, war und ist das Essen nicht besser."

Ich wollte dem Fremden nicht widersprechen. Wenn er wüsste, welch alten Hahn er gerade verzehrt hatte, würde er wohl ein anderes Urteil abgegeben haben. Andererseits hatte er recht: Das Essen war wirklich gut gewesen.

„Darf ich Ihnen nun noch einen Kaffee bringen und wie angeboten eine Marmeladenpalatschinke?"

„Einen Kaffee? Ja, gerne. Einen süßen Nachtisch. Nein, danke. Und ich sage das im Wissen, dass Sie diese Palatschinke wohl ebenso köstlich zubereiten würden wie die Suppe und das Reisfleisch. Ich sage das vor allem, weil Sie dann wieder für eine ganze Weile in der Küche verschwinden würden, statt hier mit mir weiter so nett zu plaudern."

„Aber das darf ich ohnehin nicht. Die Wirtsleute haben schon vorher recht missbilligend wahrgenommen, dass ich hier am Tisch sitze und mit Ihnen esse. Dass ich nun weiterhin hier mit Ihnen plaudere, statt meine Arbeit zu tun, würden die sicher nicht dulden."

„Was wäre jetzt Ihre Arbeit?"

„Zunächst die Küche aufräumen. Sprich die Essensreste einzufrieren oder einzukühlen, dann das Geschirr abzuwaschen und die Küche zu säubern."

„Und dann?"

„Mit der Sense Futter für unsere Kuh Fella schneiden und mit dem Leiterwagen hierher karren."

„Und dann?"

„Unkraut jäten im Garten."

„Und dann?"

„Den Gastraum aufwaschen, die Tische wischen, die Schank säubern."

„Und dann?"

„Die Zimmer putzen. Nun ja, da im Moment nur Ihres belegt ist, ist da nicht viel zu tun. Oder doch. Meist wird die Leerstehung eines Zimmers dazu genützt, um dessen Boden zu schrubben und die Fenster zu putzen."

„Ja, hört denn die Liste der Arbeiten gar nicht auf?"

„Doch. Üblicherweise um 22 Uhr hier an der Schank, die ich von ungefähr 18 Uhr an, wenn die ersten Gäste kommen, bis dahin betreue."

„Und wann haben Sie Freizeit?"

„Der Wirt meint, während der Schankzeit. Denn da läuft meist der Fernseher, wo ich zugegebenermaßen gerne mitschaue. Denn die Gäste kommen weniger, um etwas zu trinken, sondern viel mehr zum Fernsehen hierher. Hier steht immerhin das einzige Fernsehgerät des ganzen Ortes."

„Schön. Dann weiß ich nun, was wir tun werden."

„Wir?"

„Ja, wir. Sie bringen mir nun bitte eine Tasse Kaffee. Während ich diesen leere, machen Sie schnell die Küche sauber und dann gehen wir gemeinsam Futter für die Kuh holen."

Kap_7 Futterholen

Und so kam es, dass eine knappe halbe Stunde später der Fremde und ich gemeinsam den Leiterwagen über einen langen Feldweg dorthin zogen, wo die Wirtsleute ihre Futterwiese hatten. Für die eine Kuh, die sie hatten, zahlte es sich nicht aus, Mäher und Heulader anzuschaffen. Alles musste mit der Hand gemacht werden, genau so, wie viele Jahrhunderte davor.

Ich nahm die Sense zur Hand und führte mit lange geübter Präzision einen Schnitt nach dem anderen, während der Fremde das dabei anfallende Grünfutter auflud. Statt des Sakkos hatte er sich einen Anorak angezogen, um nicht allzu schmutzig zu werden. Mit seiner Hilfe war der Wagen doppelt so schnell voll wie üblich. Das wollte er und deswegen half er mir ja. Er wollte ein Zeitfenster schaffen, dessen Zweck ich noch nicht kannte. Als der Leiterwagen voll war, gab er mir einen Schubs, sodass ich auf die grüne Ladung fiel.

„Nicht. Das gibt Grasflecken!", rief ich entsetzt. Vor Schmerz konnte ich ja nicht gut schreien, da ich ja sehr weich gefallen war. Er ließ sich durch meine Warnung aber nicht davon abhalten, auch sich selbst neben mich auf den Grasberg fallen zu lassen.

„Endlich sind wir allein", sagte er unvermittelt.

Mir wurde plötzlich Angst. Hatte ich ihn falsch eingeschätzt? Hier war ich ganz allein mit ihm! Wollte er die Zeit und den Ort gar nützen, um über mich herzufallen? Niemand war weit und breit, der mich hören könnte, selbst wenn ich aus vollem Hals schreie. Niemand war weit und breit, der mir hätte zu Hilfe kommen können.

Er musste meine Angst, ja Panik gespürt haben. „Keine Angst, junge Dame. Ich weiß, was in Bauernstücken passiert, insbesondere gern im Heu. Aber so war und ist das nicht gemeint. Also bleiben Sie hier und laufen Sie nicht in Panik weg. Im Übrigen würde das wohl nichts nützen, weil ich recht schnell laufen kann."

„Was wollen Sie dann von mir?", versuchte ich die Situation durch Reden zu entkrampfen.

„Zunächst einmal will ich wissen, wie Sie heißen."

„Ich heiße Shiva."

„Gut. Darf ich Shiva sagen und Sie duzen?"

Ich schluckte. Irgendwie machte er sich doch an mich heran, nur halt nicht abrupt und mit Gewalt, sondern in kleinen Schritten.

„Gerne", log ich voller Angst, „wenn Sie mir auch Ihren Namen nennen."

„Ich heiße Michael", war die Antwort. „Und weil du so voller Angst bist, will ich darauf verzichten, das DU mit einem Kuss zu besiegeln."

Gott sei Dank, dachte ich. Diesmal aber nicht deswegen, weil mir vor einem Kuss mit ihm ekelte. Er war wirklich ein attraktiver, gepflegter Mann. Nein, sondern weil es ein Indiz dafür war, dass er wirklich die Situation nicht ausnutzen wollte, jedenfalls nicht in sexueller Hinsicht. Und so beruhigte sich mein wild schlagendes Herz wieder nach und nach.

„Mein Nachname und auch deiner tun im Moment nichts zur Sache. Es ist nur so, dass wir über unser zukünftiges gemeinsames Leben leichter reden können, wenn wir per DU sind."

Was war das nun wieder? Eben hat er mich beruhigt, und nun redet er sogar schon von einem gemeinsamen Leben. Langsam musste ich klar sehen und denken können und fragte unverblümt heraus: „Soll ich das ‚über unsere zukünftiges gemeinsames Leben reden' als Heiratsantrag verstehen?"

Michael lachte, während ich weiterhin völlig verunsichert dasaß.

„Nein, liebe Shiva", antwortete er schließlich. „Ich gebe zu, dass ich an dir einen Narren gefressen habe und du wirklich in die nähere Auswahl gekommen wärst – so ich jünger und nicht schon verheiratet wäre. Nein. Es geht mir um etwas ganz anderes."

„Und das wäre?", fragte ich spitz und kühl. Denn ich war enttäuscht. Ich hätte dem Heiratsantrag angenommen. So einen Fang hätte ich wohl nie wieder gemacht, nie wieder die Chance erhalten, dieses erbärmliche Leben hier in meiner kleinen Welt gegen die schöne große Glitzerwelt da draußen zu tauschen.

Ich weiß: Meine Eltern hätten eine solche Verbindung gar nicht gerne gesehen, ja vielleicht sogar verboten, obwohl sie mich schon vor zwei Jahren verheiraten wollten – mit irgendeinem entfernten Verwandten. Bei uns Zigeunern ist das nicht unüblich. Man heiratet früh. Zwecks Stärkung der Bindungen möglichst innerhalb der Sippe, weshalb die beiden Elternpaare die Partner aussuchen und aushandeln. Zu meinem Glück waren sich diese aus mir unbekannten Gründen damals nicht einig geworden.

Michael riss mich aus meinen abirrenden Gedanken. „Nun, ich habe gesehen, was du alles kannst und leistest. Mein Vater war ebenso. Nun aber ist er alt und krank und schafft das alles nicht mehr. Um es gerade heraus zu sagen. Ich bin hier in Rumänien auf der Suche nach einer Pflegekraft für meinen Vater. Und auf dem Weg zu der mir empfohlenen Frau traf ich zufällig auf dich. Und so wie ich dich in den wenigen Stunden kennengelernt habe, erscheinst du mir in jeder Hinsicht ideal. Jung und damit noch anpassungsfähig, arbeitswillig und praxiserprobt, mit einem fröhlichen und warmherzigen Wesen, das meinen Vater sicher aufheitern und wieder Sonne in sein Leben bringen würde. Nicht zuletzt kann ich an dir keinerlei jener Verderbtheit erkennen, die viele junge Menschen deines Alters bei uns besitzen. Zuletzt glaube ich gespürt zu haben, dass du nicht abgeneigt bist, diese kleine enge Welt zu verlassen, dich auf das Wagnis der großen weiten Welt einzulassen. Habe ich recht, oder hat mich meine Menschenkenntnis diesmal verlassen?"

Ich saß da und konnte kaum glauben, was ich hier hörte. Es war eine, nein, es war wohl DIE Chance, von der ich immer geträumt hatte. Ich konnte meiner kleinen Welt entkommen. Ich spürte, wie ich einen Kloß im Hals bekam, der mich am Sprechen hinderte, und gleichzeitig Tränen, die über mein Gesicht flossen. Freudentränen! Ströme von Freudentränen! Und als mich Michael unsicher ob meiner Reaktion auf meine Antwort wartend anschaute, konnte ich nicht anders als ihm um den Hals zu fallen.

Zunächst erstarrte er überrascht von meiner Reaktion, unsicher, ob nun ich hier eine Anmache versuchte, doch dann fühlte er, was in mir vorging und umarmte mich zärtlich. Damit war ohne Worte alles gesagt, was es zu sagen gab: Ich wollte!

Kap_8 Gespräch mit den Eltern

Etwas zu wollen ist gut und schön und versetzt bekanntlich sogar Berge. Aber meine Eltern waren nicht nur Berge, sondern wahre Gebirge.

Nachdem wir das Futter heimgekarrt hatten, bat ich die Wirtsleute um Ausgang, der mir auch ohne weitere Frage nach dem warum und wieso problemlos gewährt wurde. Immerhin war alle Arbeit getan, und bis zum Schankbetrieb am Abend waren noch gut zwei Stunden Zeit.

Michael hatte sich inzwischen von den letzten Grasschnipseln befreit und wieder sein Sakko angezogen.

Und dann kam das nächste Highlight dieses Tages. Ich durfte zu ihm in den Wagen steigen. Nicht, dass ich noch nie mit einem Auto mitgefahren wäre. Aber immer nur in irgendwelchen recht alten, klapprigen Autos, mit denen uns irgendwelche entfernten Verwandten besuchten. Und auch das nur spaßeshalber auf dem weiten, staubigen Platz vor dem Haus, in dem ich aufgewachsen war.

Jetzt saß ich in einem modernen VW Sharan mit Schiebetüren, Klimaanlage, Ledersitzen, einem Glasschiebedach usw. Ich fühlte mich schon jetzt in die Welt versetzt, von der ich seit Jahren träumte und in der ich hoffentlich demnächst wirklich leben darf.

In wenigen Minuten war der Weg vom Gasthaus zu der erbärmlichen Hütte zurückgelegt, wo ich aufgewachsen war und wo nun nur noch meine Eltern und mein Bruder wohnen. Genauer gesagt: nur mein Bruder lebt noch ständig dort. Meine Eltern hausen in einem schäbigen alten Wohnwagen, der ohne Nummerntafel neben dem alten Haus steht. Beengt, aber wenigstes nicht feucht. Nur im Winter müssen die Eltern zurück ins Haus, denn für die Gasflaschen, aus denen man die Wohnwagentherme betreiben könnte, fehlt das Geld. Da muss mit Klaubholz aus dem nahen Wald der Herd im alten Haus geheizt werden.

Da unser Besuch nicht angekündigt war – wie auch, meine Eltern besitzen kein Telefon – stieg ich zuerst allein in den Wohnwagen, während Michael im Auto wartete.

Wenig später konnte ich Michael im Namen meines Vaters in den Wohnwagen bitten. Michael war so höflich, sich in keiner Weise, weder verbal noch nonverbal, zu dem Saustall zu äußern, in den er geführt wurde. Gott sei Dank hatte er im Gasthaus gesehen, dass ich anders bin und handle. Hätte er mich hier kennengelernt, so gäbe es sein Angebot sicher nicht.

Meine Eltern nahmen auf der einen Seite des schmalen Tisches Platz, wir auf der anderen – dort, wo ich vorhin noch schnell allerhand Kleidungsstücke weggeräumt hatte.

„Herzlich willkommen", ergriff mein Vater das Wort. „Meine Tochter sagte mir, dass Sie gerne mit uns reden wollen. Bitte: Was haben Sie am Herzen?"

Ich betete inständig, dass Michael die richtigen Worte finden möge. Doch der ließ sich Zeit. Offensichtlich war er ein erfahrener Verhandler, der nicht gleich zur Sache kommt, sondern einmal sein Gegenüber und die Lage begutachtet. Bei mir war es ja ebenso gewesen.

„Zunächst herzlichen Dank, dass Sie uns in Ihr Haus eingeladen haben. Was sage ich: Haus? In Ihren Wohnwagen. Praktisch, seine Wohnung überallhin mitnehmen zu können."

„Ja, schon", antwortete mein Vater ersichtlich überrascht über diesen unerwarteten Beginn eines Gesprächs, das ich ihm als sehr wichtig und dringend erklärt hatte.

„Ich habe auch schon oft mit dem Gedanken gespielt, mir einen solchen Wagen zuzulegen. Gerade eben habe ich feststellen müssen, wie schwer es in bestimmten Gegenden ist, eine Bleibe zu finden."

„Sie haben recht. In unserer Gegend gibt es weit und breit nur einen einzigen Gasthof."

„Sie sagen es. Dort bin ich übrigens abgestiegen und habe bei dieser Gelegenheit Ihre reizende Tochter kennengelernt. Ich kann Ihnen als Eltern zu so einem Kind nur gratulieren."

„Das freut mich", antwortete mein Vater ohne große Überzeugung, da er noch immer nicht wusste, worum es eigentlich ging.

„Im Übrigen. Waren Sie mit diesem Wohnwagen schon im Ausland?"

„Nein."

„Dann haben Sie etwas versäumt. Das sollten Sie unbedingt tun. Das ist eine ganz andere Welt als hier."

„Wie soll ich das? Ich habe kein Zugfahrzeug für diesen Wohnwagen. Zudem ist der Wagen ziemlich desolat. Ich bin froh, dass er den Weg hierher geschafft hat."

„Wie sind sie dann zu ihm gekommen?"

„Ach, das ist eine lange Geschichte. Kurz gesagt hat ihn ein Verwandter eines schönen Tages hierher gebracht und uns zur Verfügung gestellt. Und hier steht er nun ohne Nummerntafel, bis er eines schönen Tages aus Altersschwäche auseinander fällt."

„Schade. Mit dem Wohnwagen hätten Sie sich gegenüber der Unterbringung in einem Gasthaus oder sogar Hotel viel Geld sparen können, wenn Sie doch einmal zu uns in den Westen fahren."

„Brauche ich nicht. Wenn ich im Ausland bin, kann ich zumeist bei Freunden oder Verwandten wohnen. Wir Zigeuner halten zusammen und sind auch stolz darauf."

„Sind Sie oft im Ausland?"

„Gelegentlich. Schließlich muss ich auch Geld ins Haus bringen. Hier im Ort gibt es kaum Arbeit, schon gar keine regelmäßige. Meine Tochter Shiva ist hier eine Ausnahme."

„Allerdings habe ich den Eindruck, dass Shiva für ihre Arbeit nur sehr schlecht entlohnt wird. Oder täusche ich mich?"

„Nein. Die Wirtsleute sind recht knausrig. Aber immer noch besser als nichts. Wenn meiner Tochter etwas Besseres angeboten wird, würde ich ihr sofort raten, dorthin zu wechseln."

An Michaels zufriedenem Gesichtsausdruck merkte ich, dass er meinen Vater endlich dort hatte, wo er ihn haben wollte.

„Nun, jetzt haben Sie dazu Gelegenheit. Ich bin zu Ihnen gekommen, um Ihnen so ein Angebot zum Besseren zu unterbreiten. Nun können Sie meine Überzeugung bekräftigen, dass auch Sie für Ihre Tochter nur das Beste wollen."

„Ja, das wollen wir und wollten es schon immer. Immerhin könnte sie schon seit zwei Jahren glücklich verheiratet sein, wenn sie sich nicht so spröde gezeigt hätte."

Oh, jetzt war es heraus. ICH war der Grund für die geplatzte Hochzeit. Dabei bin ich mir keiner anderen Schuld bewusst als gesagt zu haben, dass ich eigentlich noch zu jung zum Heiraten wäre und schon gar nicht jemanden heiraten will, den ich niemals vorher zu Gesicht bekommen habe. Die vielen widerlichen Männer im Gasthaus waren mir Warnung genug.

„Schön, das ist aber vorbei. Darf ich Ihnen nun mein Angebot an Ihre Tochter vorlegen?"

„Warum mir? Fragen Sie doch meine Tochter! Die ist demnächst großjährig."

„Ich weiß. Dennoch bat Sie mich, Sie als ihren Vater um die Einwilligung zu bitten", log Michael, dass sich die Balken bogen. Niemals hatte ich ihm das in dieser Form aufgetragen. Aber der Erfolg gab seiner Verhandlungsstrategie recht.

„Das sind ja ganz neue, ungewohnte Töne meiner Tochter. Kommt sie endlich auch darauf, wie wichtig der Zusammenhalt unter uns Zigeunern ist?"

„So hat sie es nicht formuliert, aber wohl gemeint. Aber nun zu meinem Angebot. So wie Ihre Tochter an Ihnen hängt, hänge ich an meinem Vater und will für diesen nur das Beste. Und Ihre Tochter wäre als Pflegekraft für ihn das Allerbeste, was ich mir vorstellen kann."

„Und was müsste sie dort tun?"

„Vieles von dem, was sie schon jetzt im Gasthaus macht. Kochen, Putzen, Waschen. Hühner und eine Kuh füttern oder Schankdienst ist dort natürlich nicht angesagt."

Du Schlaumeier, dachte ich mir. Auch du operierst mit Halbwahrheiten. Denn mit Waschen war sicher nicht nur das Waschen von Wäsche, sondern auch das Waschen des alten Mannes, also die Körperpflege, mitgemeint.

„Und was bekommt Sie dafür?"

„400 € pro Woche, netto auf die Hand. Dazu noch Kost und Quartier kostenlos."

Mir verschlug es fast den Atem. Das war viel mehr, als ich mir in meinen kühnsten Träumen ausgemalt hatte. Michael hatte die Höhe der Entlohnung bisher mit keinem Wort erwähnt.

Auch durch meine Eltern war unübersehbar ein Ruck gegangen. Soviel hatten auch sie sich offensichtlich nicht erwartet.

„Zudem", setzte Michael fort, nachdem sich die Aufregung ein wenig gelegt hatte, „kann Shiva dort ihre deutschen Sprachkenntnisse vervollkommnen. Mein Vater ist ein notorischer Diskutant und Vielredner und damit ein geduldiger Lehrmeister. Ein Fernsehgerät und einen Computer gibt es natürlich ebenso wie ein Telefon, über das Sie mit Ihrer Tochter in Kontakt bleiben können."

„Können wir nicht, weil wir kein Telefon haben", war die trockene Antwort des Vaters.

„Noch nicht. Aber wenn Ihnen Ihre Tochter erst einmal Geld schickt, werden Sie sich eines leisten können – so Sie eines wollen. Denn eines ist klar. Selbst wenn sich Ihre Tochter dort neu einkleidet und allerhand eigentlich Unnötiges kauft, wird genug Geld überbleiben, von dem sie Ihnen Monat für Monat einen Teil abgeben kann."

Jetzt war ich aber richtig sauer. Zuerst sagte Michael mir nicht, wie viel Geld ich dort verdienen werde, und nun verfügt er sogar schon über dieses Geld, indem er meinen Eltern regelmäßige Zuwendungen verspricht.

Aber offenbar hatte er wieder die richtigen Register gezogen. Mein – nach seiner Miene zu schließen – bis dahin skeptischer Vater schien zunehmend gewillt, mir seinen Segen für meine Reise in die neue, aufregende Glitzerwelt im Westen zu geben. Und meine Mutter tat zumeist sowieso das, was er als Familienoberhaupt wollte.

Wie sich mein Bruder dazu stellen würde, wusste ich nicht, und wollte es auch gar nicht wissen. Ich konnte keine Querschüsse gebrauchen. Schließlich war es mein Leben, nicht seines.

Als sich Michael und mein Vater schließlich bekräftigend die Hände reichten, waren die Würfel gefallen.

Kap_9 Abschied von meiner Welt

Als die Wirtsleute vom Ergebnis der Unterredung hörten, nämlich dass ich meinen Dienst quittiere und morgen in aller Früh abreisen will, bereuten sie zutiefst, mir für das Gespräch Zeit gegeben zu haben. In mir verloren sie eine brave, zuverlässige, arbeitsame und vor allem anspruchslose und billige Arbeitskraft. Es würde ihnen schwerfallen, einen gleichwertigen Ersatz für mich zu finden. Das machte mir die Trennung nach drei Jahren gemeinsamer Tätigkeit nicht leicht, änderte aber nichts an meinem Entschluss.

Da ich nicht offiziell angestellt war – wenn jemand von auswärts fragte, war ich eine temporäre Aushilfskraft –, gab es auch kein Arbeitszeugnis oder gar eine Abfertigung. Ersteres brauchte ich zum Glück nicht, da ich mit meiner Arbeit mir selbst und Michael gegenüber das beste Zeugnis ausgestellt hatte. Zweiteres wäre schön gewesen, aber im Vergleich zu den Summen, die ich bald in Händen halten würde, lächerlich klein und verschmerzbar.

Mit mehr Schmerzen verbunden war der Abschied von meinen Tieren. Ich wollte ihnen noch unbedingt Lebewohl sagen.

Zuerst ging ich zu den Hühnern, um mich von ihnen zu verabschieden. Von Valentin, meinem absoluten Liebling, konnte ich es nicht mehr. Anders als ich hatte er die Grenze hinüber in eine neue, möglicherweise bessere Welt bereits überschritten.

Danach ging es in den Stall zu unserer Kuh, die ich zärtlich am Kopf streichelte, während ich immer wieder ‚Fella, meine liebe Fella' flüsterte. Michael sah und hörte mir dabei zu und überraschte mich dann mit folgender Frage:

„Wer hat der Kuh diesen eigenartigen Namen gegeben? Du? Hat er irgendeine eine Bedeutung?"

Hat er, dachte ich und versuchte die dabei aufsteigende Röte in meinem Gesicht zu unterdrücken. Aber bekanntlich gelingt dies nicht auf Befehl. Ganz im Gegenteil. Das Nicht-rot-werden-wollen verstärkt die Röte noch mehr.

Michael merkte das natürlich und sah mich geduldig fragend an. Aber ich blieb hart. Ich wollte mein Geheimnis nicht preisgeben.

„Lass uns schlafen gehen", sagte er schließlich resignierend. „Wir haben morgen eine lange Fahrt vor uns."

Nach der wohl schlechtesten Nacht meines Lebens, in der ich vor Aufregung kein Auge zugemacht hatte, erhob ich mich wie gerädert zur gewohnten Zeit, also um 5 Uhr früh. Diesmal jedoch nicht, um die Hühner füttern zu gehen, sondern um nach einer kurzen Katzenwäsche meine wenigen Habseligkeiten einzupacken. In Ermangelung eines Koffers stopfte ich all die Sachen in eine große Schachtel aus dickem Karton und trug diesen hinunter.

Unten fand ich eine missmutige Wirtin vor, die ab heute allein all das tun musste, was ich in den letzten Jahren erledigt hatte. Es hob meine schlechte Laune, dass nun ich es war, die von der Wirtin ein Frühstück serviert bekam. Nicht üppig, aber ich war ja nicht anspruchsvoll.

Kurze Zeit später kam Michael mit seinem ebenfalls schon gepackten Koffer herunter und nahm schweigend neben mir sein Frühstück ein. Schließlich bezahlte er, sowohl für sich als auch freundlicherweise für mein Frühstück. Dann trug er unser kärgliches Gepäck hinaus und verstaute es im riesigen Kofferraum seines Autos.

Noch ein kurzes Händeschütteln mit den Wirtsleuten, und die Fahrt konnte beginnen.

Kap_10 Ein unnötiger Zwist

Michael wendete und fuhr in die Richtung zurück, aus der er gekommen war. Ganz offensichtlich wollte er die Frau, die ihm als Pflegerin empfohlen worden war, nicht mehr aufsuchen. Seine Entscheidung war gefallen, ebenso wie die meine. Hoffentlich würde sein Vater diese gutheißen.

Bald hatten wir die Grenze meiner kleinen Welt erreicht, die ich noch nie überschritten hatte. Die Welt hinter dieser unsichtbaren Grenze sah aber auch nicht viel anders aus wie die mir bekannte. Felder reihten sich an Felder, hin und wieder von einem lichten Wäldchen unterbrochen. Nur ein wenig hügeliger wurde die Gegend mit zunehmender Fahrtdauer.

Dem schlechten Straßenzustand geschuldet musste Michael sehr langsam und vor allem konzentriert fahren, galt es doch den vielen sehr tiefen Schlaglöchern auszuweichen. Dennoch wurde ich das Gefühl nicht los, dass die zwischen uns herrschende Sprachlosigkeit nicht darauf zurückzuführen war.

Nach vielen langen Minuten schweigenden Nebeneinandersitzens hielt ich es nicht mehr aus.

„Du siehst bedrückt aus, lieber Michael."

„Nicht bedrückt, sondern gekränkt."

„Warum das?", fragte ich mit echter Anteilnahme.

„Weil du mich völlig grundlos schmoren lässt."

„Wie das?"

„Gestern stellte ich dir eine harmlose Frage, die du mir nicht und nicht beantworten wolltest. Das kränkt mich, weil es von mangelndem Vertrauen zeugt."

„Besteht Vertrauen wirklich nur dann, wenn jemand jedes noch so kleine und unwichtige Geheimnis des anderen kennt?", fragte ich nach einer kurzen Nachdenkpause ungläubig, um dann, selbst übernächtigt und schlecht gelaunt, in die Offensive zu gehen. „Ich sitze hier neben dir, kenne nicht einmal deinen Nachnamen, deinen Beruf, geschweige die Adresse, wo wir hinfahren, habe nie einen Ausweis von dir gesehen, der deinen Vornamen bestätigt, und vertraue dir dennoch gerade mein Leben und meine Zukunft an."

Und nach einer kleinen Weile fuhr ich fort: „Weißt du, was ich mehrfach in Dokumentationen im Fernsehen gesehen habe?"

„Du wirst es mir wohl gleich sagen", war die mürrische Antwort.

„Es wurde gezeigt, wie Männer aus dem Westen hier im Osten junge, hübsche, vor allem aber arme Mädchen unter allerlei Versprechungen nach Westeuropa locken, um sie dort der Prostitution zuzuführen. Ich sitze nun hier wie ein solches Mädchen mit kaum Geld in der Tasche und nur einem Personalausweis ausgestattet in deinem Wagen, von dem ich nicht weiß, wo er mich hinbringen wird. Vielleicht in ein Puff, wo man mich zwingen wird Dinge zu tun, die betuchte Männer zu Hause von ihren Frauen nicht kriegen. Vielleicht gibt es gar keinen Vater, den ich pflegen soll. Wenn doch, dann umfasst diese Pflege vielleicht auch die Erfüllung von sexuellen Wünschen. All das gibt es laut den Dokumentationen wirklich und könnte auch in meinem

Fall Realität werden. Dennoch sitze ich hier neben dir, weil ich dir vertraue! Umgekehrt ist dein Vertrauen so armselig, dass es von einem winzigen und ganz unwichtigen Geheimnis abhängt. Aber wenn es für dich so wichtig ist, dann werde ich es eben preisgeben – sofern du mir versprichst, nicht darüber zu lachen und es niemandem, ich betone niemandem, weiterzuerzählen."

Offenbar hatte ich Michael mit meiner Standpauke beeindruckt, da er nach einem kurzen Zögern sagte: „Du hast recht. Unbefriedigte Neugier ist kein Grund dir nicht zu vertrauen. Dennoch bitte ich dich, mich nicht weiter schmoren zu lassen. Ich verspreche auch hoch und heilig, nicht zu lachen und alles für mich zu behalten."

„Nun gut. Hast du schon bemerkt", begann ich meine Erklärung, „dass ich keinen Schmuck trage, außer das Ding hier um meinen Hals."

„Natürlich", war die knappe Antwort, die aus dem Mund eines weniger guten Beobachters wohl arrogant geklungen hätte.

„Und woran erinnert dich dieses Ding?"

Anders als gestern war jetzt Michael an der Reihe, ein ganz klein wenig rot zu werden.

„Es erinnert mich an ein männliches Geschlechtsteil."

„Richtig", lobte ich ihn. „Und warum, glaubst du, trage ich dieses Ding?"

„Damit die Männer gleich wissen, dass du auf so etwas stehst", war seine bewusst provozierende Antwort.

„Blödsinn", antworte ich. „Ich trage es, weil es mein Taufgeschenk ist."

„Wie das", kam es ungläubig zurück. „Die Taufe reinigt deine Seele von der Erbsünde. Da hat so ein Stück materialisierte Sünde wohl rein gar nichts verloren, selbst wenn es offenbar mit wirklich großem kunsthandwerklichem Geschick hergestellt wurde. Woraus ist es übrigens? Aus purem Gold?"

„Nein – auch wenn wir Zigeuner viel übrig haben für massiven Goldschmuck. Aber das hätten sich meine Paten nicht leisten können. Es ist kunstvoll geschnitzter und polierter Stein, der schließlich vergoldet wurde."

„Schön. Aber mir ist nach wie vor unklar, warum du dir so ein Sexsymbol um den Hals hängst?", ließ Michael nicht locker.

„Ich will es dir erklären. Dieser Anhänger ist kein Sexsymbol, sondern ein Glücksbringer, der mit meinem Vornamen Shiva zusammenhängt. Er ist das Shiva-Lingam-Amulett, welches eines der Symbole für die Gottheit Shiva ist."

„Übrigens habe ich mir diesen Namen ebenso wenig ausgesucht wie du dir den deinen. Das war Sache unserer Eltern. Und weil wir Zigeuner ursprünglich angeblich aus Indien stammen, sollte ich einen indisch klingenden Name bekommen, womöglich den einer indischen Gottheit. Warum auch nicht. Es gibt ja hunderte davon."

„Warum auch schon", kam sofort Michaels Gegenrede. „Bei einer christlichen Taufe den Namen einer indischen Gottheit zu erhalten, ist ein starkes Stück, um nicht überhaupt von einem unerhörten Frevel zu sprechen."

„Aber so war es eben", sagte ich. „Zudem halte ich es nicht für frevelhaft. Denn wenn du dir die in Europa üblichen Vornamen ansiehst, stammen sehr viele aus dem Judentum und haben irgendwie mit dessen Gott Jahwe zu tun. Ich kann mich noch dunkel an eine Dokumentation im Fernsehen erinnern, wo einige Namen erklärt wurden, etwa Josef als ‚Gott möge dir noch einen Sohn schenken'. Auch dein Vorname hat bekanntlich jüdische Wurzeln. Kurzum: wenn jüdische Namen – wie deiner – gut genug für christlich getaufte Babys sind, können es indische Namen auch sein."

„Dazu kommt, dass meine Eltern nicht wussten, ob sie einen Buben oder ein Mädchen bekommen würden. Ultraschalluntersuchungen sind teuer und bei uns Zigeunern nicht üblich. Also wählten sie einen Namen, den Jungen wie Mädchen tragen können, was in Indien nicht unüblich ist. Letztlich einigten sie sich auf den Namen einer Gottheit, die sowohl männlich als auch weiblich ist, nämlich auf Shiva. Das Symbol trage ich nun seit damals immer als

Glücksbringer und Beschützer um meinen Hals, obwohl ich lange nicht wusste, was dieses Symbol darstellen soll."

„Und nun", setzte ich fort, „zurück zur eigentlichen Frage, der nach der Bedeutung des Namens Fella. Wie auch du, lieber Michael, sicher weißt, brauchen Tiere Salz. Darum haben wir Menschen in den Wäldern und auf Weiden Steinsalzblöcke aufgestellt, an denen die wilden wie auch die zahmen Tiere schlecken können. Ich machte genau das auch für unsere Kuh im Stall. Nach und nach formte das Schlecken unserer Kuh den Salzblock zu etwa, was meinem Halsschmuck sehr ähnlich sieht. Kurzum: die Kuh schleckte an etwas, das wie ein Penis ausschaut. Nun, fällt die Münze?"

Als Michael noch immer wie die sprichwörtliche Kuh vor dem neu gestrichenen Tor stand, gab ich die ganze Lösung preis: „Nun, wie nennt man die Sexualpraktik des Schleckens am Penis? Fellatio. Davon habe ich den Namen Fella abgeleitet. Aber wie gesagt und versprochen: das bleibt unter uns! Ich möchte nicht, dass andere Leute wissen, welche Assoziationen bei der Namenswahl durch meinen Kopf gingen und dann darüber lachen."

Kap_11 Sex, Süchte, Werbung

Nach einer kurzen Nachdenkpause reagierte Michael mit nun deutlich freundlicherer Stimme:

„Was ist an deinen sexuellen Assoziationen so schlimm, dass du daraus ein großes Geheimnis machen wolltest und willst. Das ist harmlos gegen das, was wir im Westen täglich zu Sex hören und sehen. Wenn wir erst einmal in meiner Glitzerwelt angekommen sind, wirst du sehen, dass Sex allgegenwärtig ist, offenkundig wie auch unterschwellig. Da gibt es Kinos, wo ausschließlich Sexfilme gezeigt werden. Und zwar nicht nur harmloses Herumschmusen und Blümchensex auf Hausfrauenart, wie man es andeutungsweise sogar im Fernsehen sieht, sondern Hardcore-Sex. Da gibt es vom Flotten Dreier und Vierer über Gruppensex alles zu sehen, was sich die Menschheit über Jahrtausende zu diesem Thema an Spielvarianten ausgedacht hat. Und wem das noch nicht reicht, der geht in geschlossene Clubs, wo – anders als in den öffentlichen Kinos – man darüber hinaus auch Sex mit Tieren, echte und gestellte Vergewaltigungen anschauen und gleich auch mit den Anwesenden ausprobieren kann. Sodom und Gomorrha und das ausschweifende Leben im alten Rom waren dagegen ein schwacher Abglanz."

„Für dich als Zigeunerin, deren Wurzeln in das alte Indien reichen, sollte das nichts Neues sein. Das berühmte altindische Buch ‚Kamasutra' zeigt eindrucksvoll, auf wie viele Arten und unter welchen körperlichen Verrenkungen Menschen miteinander Sex haben können. Selbst in für jedermann zugänglichen indischen Tempeln kann man in Reliefs sehen, wie Männer Schafe penetrieren oder ein Mann gleichzeitig mit fünf Frauen in sexuellem Kontakt steht. Ob das noch Spaß macht, weiß ich nicht. Ich habe es nie ausprobiert."

„Ich auch nicht", warf ich ein, um in Michaels Redeschwall auch einmal etwas zu sagen.

„Das habe ich auch nicht erwartet", antwortete Michael. „Du bist noch sehr jung. Vielleicht hast du sogar noch nie etwas vom Kamasutra gehört, noch nie von den Tempeljungfrauen, noch nie von der Geschichte des Minotaurus und anderen Erzählungen der griechischen Mythologie darüber, wie Götter in Tiergestalt Jungfrauen Kinder machten. Oder wie glaubst du, wurden die mythologischen Geschöpfe halb Mensch und halb Stier oder auch halb Mensch und halb Pferd gezeugt?"

„Wie sollte ich das alles wissen?", warf ich ein wenig beleidigt ein. „Ich besuchte nur eine einklassige Volksschule. Da lernte man das nicht, selbst wenn man wie ich eine interessierte und recht gute Schülerin war. Bücher gab es zu Hause fast keine. Mein Wissen stammt daher zum Großteil aus der Flimmerkiste im Gasthof."

„Ich habe dein Wissen nicht bemängeln wollen, wirklich nicht", antwortete Michael begütigend. „Wie auch immer. Irgendwann wirst du so oder so mit Sex konfrontiert sein – sei es über Bücher, Filme, Werbeflächen oder private Erlebnisse. Denn Sex ist in unserer Welt immer und überall."

„Findest du das gut?", fragte ich naiv zurück.

„Was soll ich dazu sagen?", war Michaels Antwort. „Die Natur hat uns längst die Antwort gegeben. Sie heißt JA, weil Sex einfach zu allem Leben dazugehört. Ohne Fortpflanzung stirbt jedes Leben aus. Und Sex ist nun einmal eines der Erfolgsrezepte der Natur, die Fortpflanzung sicherzustellen. Ob man die Kontaktnahme und den Austausch von Genen bei Bakterien schon als Sex bezeichnen kann, weiß ich nicht. Ebenso nicht, ob Bakterien freiwillig Sex machen und dabei so etwas wie Spaß haben." Michael schmunzelte beim letzten Satz.

„Diese Fragestellung halte ich für absurd", warf ich ein. „Bakterien haben kein Bewusstsein und damit ist die Frage nach freiwillig oder unfreiwillig unsinnig. Ich habe einmal eine Dokumentation über Frösche gesehen, wo das Weibchen von mehreren Männchen begattet wird, die gemeinsam das Weibchen festhalten. Wir Menschen würden das als Gruppen-Vergewaltigung bezeichnen."

„Das gibt es nicht nur bei Amphibien", griff Michael meine Bemerkung zustimmend auf, „sondern auch bei viel höher entwickelten Tieren, etwa bei Walen. Da klemmen bei einigen Walarten mehrere Walbullen die Walkuh zwischen sich so ein, dass einer nach dem anderen seinen mehrere Meter langen Penis in sie einführen kann. Wieder eine Gruppen-Vergewaltigung, die sich aber letztlich für den Fortbestand der Art als erfolgreich erwiesen hat.

Was die Walkuh dabei empfindet, wissen wir nicht."

„Was ich dabei empfinden würde, weiß ich schon", antwortete ich impulsiv. „Nämlich Ekel."

Michael sah mich daraufhin lange und nachdenklich an. „Du redest trotz deiner Unerfahrenheit sehr altklug und vertrittst ohne viel Nachzudenken eine Meinung, die dir von unserer Kultur, also dem Elternhaus, der Schule und der Kirche, anerzogen wurde. Mit dieser Art von kultureller Erziehung kann man, glaube ich, aber nur den Neokortex wirklich gehirnwaschen, nicht aber die sehr viel tiefer liegenden, stammesgeschichtlich älteren Gehirnregionen. Wie sonst wäre es möglich, dass der uns gleichermaßen natürlich innewohnende Sexualtrieb in verschiedenen Kulturen und Zeiten ganz unterschiedlich ausgelebt wurde oder ausgelebt werden durfte. Nur manche, ich denke da etwa an die Eremiten, lebten bewusst anders als die Mehrheit, die sich kritiklos und lustvoll der Polygamie, der Tempelprostitution, diversen Entjungferungsritualen und vielem anderem Mehr hingaben."

Nach einer kleinen Pause setzte Michael fort: „Ich will dir mit einem Beispiel verdeutlichen, unter welchem sexuellen Druck selbst höhere Lebewesen, denen wir Intelligenz, soziale Empathie und ein Bewusstsein zuerkennen, stehen. Ich erinnere mich dazu an ein Experiment mit Ratten, denen man eine Elektrode ins Hirn so eingepflanzt hat, dass man mit einem elektrischen Impuls deren sexuelles Lustzentrum anregen konnte. Dann lehrte man die Ratten, dass sie diesen Impuls selbst auslösen können, wenn sie einen bestimmten Knopf unter vielen anderen Knöpfen drücken. Und was meinst du, ist passiert?"

„Ich weiß aus dem Fernsehen und auch aus eigener Beobachtung bei uns im Gasthof, dass Ratten sehr kluge Tier sind", antwortete ich ohne lange zu überlegen. „Daher nehme ich an, dass sie bald herausgefunden hatten, welchen Knopf sie drücken mussten, wenn sie Lust hatten."

„Richtig, aber nicht ganz richtig. Denn sie drückten nicht, wenn sie bereits Lust hatten, sondern sie drückten, wenn sie Lust verspüren wollten. Und das wollten sie in einem fort. So drückten und drückten sie und vergaßen dabei völlig auf die Nahrungsaufnahme. In Einzelfällen ging das soweit, dass Ratten in Folge ihrer unbezähmbaren sexuellen Lust an Erschöpfung starben."

„Da sind wir Menschen aber wohl gescheiter", warf ich ein, obgleich ich mir da nicht ganz sicher war. Immerhin hatte ich oft im Gasthaus gespürt, wie Männer mir nachschauten und nachstellten. Deren Lustzentrum war offensichtlich auch erpicht darauf endlich eingeschaltet zu werden.

„Das glaube ich eben nicht. Für manche Menschen ist Sex eine Sucht, die ihr ganzes Tun und Lassen bestimmt. Übrigens gilt das nicht nur für Sex. Aktuell kann man das mit der Spielsucht am Computer erleben. Da gibt es Menschen, die tage- und nächtelang spielend am Gerät sitzen und nicht aufhören können und wollen, weil sie sonst das Spiel verlieren oder den erreichten Punktestand einbüßen. Sie haben daher wie die Ratten keine Zeit zu essen oder zu trinken. Mehr als nur einer dieser Menschen ist bereits an Erschöpfung gestorben."

„Aber das könnte man doch leicht verhindern", warf ich ein. „Man müsste die Spiele nur so gestalten, dass sie die Sucht nicht steigern, sondern in Grenzen halten."

„Du denkst da wie bei der Kindersicherung an Zeitbeschränkungen?", fragte Michael nach.

„Ja, zum Beispiel. Oder den erreichten Punktestand nach einer festen Zeitspanne automatisch für eine bestimmte Zeit zu sperren."

„Das würde aber das Geschäftsmodell der Spielehersteller nachhaltig schädigen. Deren wirtschaftlicher Erfolg beruht gerade darauf, süchtig zu machen."

„Wenn ihnen aber die Süchtler unter den Fingern wegsterben und sich ihr Kundenkreis verkleinert, haben sie ja auch Geschäftseinbußen", beharrte ich.

„Natürlich", gab mit Michael recht, um aber seine Zustimmung gleich zu relativieren. „Es kommt dabei aber auf die Zahlen an. Einige wenige Tote gegenüber Millionen von süchtig gemachten Menschen vermindern den gewünschten Umsatz nur marginal."

„Aber gibt es denn niemanden, der diesem Wahnsinn entgegentritt?", fragte ich ein wenig verzweifelt.

„Doch", antwortete Michael. „Aus meiner Sicht leider oft überzogen und mit den falschen, weil unglaubwürdigen Argumenten."

„Wie meinst du das?", fragte ich ehrlich interessiert.

„Nun, da gab es kürzlich eine Gruppe von Frauen, die mit nackten Brüsten auf der Straße gegen die Übersexualisierung des öffentlichen Raumes protestieren wollten. Insbesondere hatte es ihnen die Werbung einer Kleiderhauskette angetan, die mit nur sehr spärlich bekleideten Damen für ihre Dessous warben. Dass man dafür junge, schlanke und schöne statt alte, dicke und hässlichen Frauen abbildete, halte ich für naheliegend. Letztere waren wohl nicht die Kundenklientel, die man ansprechen wollte. Aber nein. Die Frauen forderten, dass man entweder sogenannte ‚normale' Frauen in Dessous zeigen sollte, oder solche Werbung ganz unterlässt."

„Komisch", sagte ich. „Man protestiert mit Nacktheit gegen Nacktheit? Das verstehe, wer wolle. Zudem: die Protestiererinnen müssen ja nicht auf das hinschauen, was ihnen nicht gefällt."

„Da bin ich nicht ganz bei dir, liebe Shiva. Wenn wir erst einmal in meiner Welt angekommen sind, wirst du aber sehen, dass man sich der Werbeflut nicht entziehen kann. Neben allerlei blinkenden und extrem hellen Leuchtreklamen gibt es da zum Beispiel Plakatwände, wo im Abstand weniger Sekunden rasch zwischen verschiedenen Plakatseiten hin und her gewechselt wird. Nun sind wir von der Evolution darauf getrimmt, dass rasche Bewegungen unsere augenblickliche Aufmerksamkeit erfordern und daher binden, ohne dass wir das bewusst verhindern könnten. Das war und ist für unser Überleben auch sinnvoll. Denn von ruhigen Gegenständen geht normalerweise keine oder weniger Gefahr aus als von rasch bewegten. Auf ein schlafendes Raubtier oder ein parkendes Auto muss ich nicht augenblicklich reagieren, wohl aber auf ein sich rasch auf mich zubewegendes."

„Jetzt hat sich im Zuge moderner Werbemethoden das evolutionäre Erfolgsrezept jedoch vielfach in sein Gegenteil verwandelt. Denn seit solche Plakatwände insbesondere an viel befahrenen Straßen stehen, wird unsere Aufmerksamkeit vom Wichtigen, nämlich dem Verkehrsgeschehen, zum Unwichtigen, nämlich der Plakatwerbung, umgelenkt. Würden die Damen gegen diese überflüssige und gefährliche Art der Werbung protestieren, wäre ich auf deren Seite", schloss Michael seine Belehrungen über Aufmerksamkeit bindende Plakatwerbung, um nach einer gleichfalls Aufmerksamkeit erzeugenden Kunstpause schmunzelnd hinzuzufügen: „Jedenfalls, wenn sie das mit wohlgeformten nackten Brüsten täten."

Kap_12 Das erste Mal

Ich lachte nur. Was hätte ich auf diese Aussage auch erwidern sollen. Ihn fragen, ob er mit meinen Brüsten zufrieden wäre? Nein, auf dieser sehr persönlichen und intimen Ebene wollte ich nicht mit ihm sprechen – jedenfalls noch nicht, obwohl mich die Neugier längst unbarmherzig in ihren Klauen hatte. Denn ich wusste eigentlich fast nichts über den Mann, neben dem ich hier saß und dem ich quasi blind mein zukünftiges Leben anvertraut hatte. Das ließ mir zunehmend keine Ruhe, bis ich schließlich doch seine Ansage kommentierte, um endlich mehr Informationen aus ihm herauszulocken.

„Sagtest du nicht beim Futterholen, dass du verheiratet wärst? Da hast du doch wohl genug Möglichkeit, dir wohlgeformte nackte Brüste anzuschauen und brauchst nicht zu warten, bis irgendwelche Protestiererinnen sich in aller Öffentlichkeit entblößen."

„Richtig – oder besser: fast richtig", war seine Antwort, wobei er wieder schmunzelte. Er hatte natürlich sofort den Braten gerochen, der in meiner Frage steckte.

„Wieso nur fast? Bist du nun verheiratet oder nur fast verheiratet?"

„Doch, ich bin ganz verheiratet mit allem, was so dazugehört. Das war es nicht, was ich in deinem Statement beanstandete. Es war das Wort ‚genug'. Wir Männer kriegen nie genug. Wir sind von Natur aus nun einmal eher polygam als monogam angelegt und immer für weibliche Schönheit empfänglich, insbesondere wenn Frauen mit ihren nackten Brüsten Eigenwerbung für ihre Bereitschaft zu Sex und zu Mutterschaft betreiben. Und das ganz besonders, wenn diese wohlgeformt und reizvoll sind. Wir können nicht anders. Wir sind so! Die Natur will es so!"

„Ich weiß", antwortete ich altklug. „Deswegen vergleicht man euch Männer oft mit Hähnen, wenn ihr gockelhaft stolz einherspaziert und euren Harem um euch schart, den ihr nötigenfalls in den sprichwörtlichen Hahnenkämpfen verteidigt. Ich brauche nur an Valentin zu denken."

„Wer ist Valentin?", kam es wie aus der Pistole geschossen.

„Mein verflossener Liebhaber", sagte ich mit dem treuherzigsten und unerforschlichsten Lächeln, zu dem ich fähig war.

„Und ich dachte, ich hole die Unschuld vom Land zu meinem alten Vater ins Haus", brummte Michael. „So kann man sich täuschen. Wenn ich das gewusst hätte, wäre ich am Leiterwagen nicht so standhaft geblieben."

„Ja, so kann man sich täuschen", flötete ich fröhlich an diesem Spiel zunehmend Gefallen findend. „Allerdings sagtest du damals, dass du zwar an mir einen Narren gefressen hättest, dass ich dir aber zu jung wäre. Tja, jetzt ist die gute Gelegenheit vorbei."

Michael war sich offensichtlich nicht klar, wie ich das wirklich meine und antwortete daher in einer Weise, die alles offen ließ, ohne wirklich einen Versuch zu wagen.

„Nun ja, jetzt sind wir auch allein. Und die Rückbank ist weich und ausreichend breit, um das Versäumte nachzuholen."

„Ich dachte, du bist verheiratet", führte ich das Spiel mit unüberhörbar vorgetäuschter Entrüstung fort.

„Ja, bin ich", war die unwirsche Antwort. Michael wirkte irgendwie enttäuscht, ja sogar ein wenig frustriert.

„Aber das würde dich nicht sehr stören, wenn ich dich richtig verstehe."

Michael brummte nur missmutig irgendetwas Unverständliches, was mich bewog, das Spiel nicht auf die Spitze zu treiben. Ich fand, es wäre höchste Zeit zu versuchen, die Neckerei versöhnlich zu beenden.

„Darf ich dir ein Geständnis machen?", fragte ich ihn nach einer kurzen Pause ohne jeden bewussten Unterton.

„Nur zu", war die kurze Antwort.

„Als du am Leiterwagen über eine ‚gemeinsame Zukunft' reden wolltest, war ICH so verunsichert wie DU eben hier im Auto. Du warst dir eben nicht klar, ob ich dich nur necke oder ob ich dich ernsthaft locke und dir anbiete, mich hier im Auto zu vernaschen. Am Leiterwagen war die Situation ähnlich, nur umgekehrt. Ich schloss damals nicht aus, dass du mir wirklich einen mehr oder weniger ernsthaften Antrag gemacht hast. Und glaube mir – ich hätte ihn angenommen. Ja, ich hätte alles, wirklich alles getan, um meiner armseligen Welt zu entkommen."

„Sogar mich zu heiraten?", warf Michael mit spürbarer Verärgerung in der Stimme schroff ein. „Alles heißt wohl, dass du auch jeden anderen geheiratet hättest, egal wie er aussieht, was er kann, wer er ist. Hauptsache ein heiratsfähiger Mann befreit dich aus deinem armseligen Leben."

„So war das nicht gemeint, mein lieber Michael", versuchte ich meine ungeschickte Wortwahl zu widerrufen und ungeschehen zu machen. „Mit ‚alles tun' meinte ich nicht, irgendeinen x-beliebigen Mann heiraten zu wollen, sondern dass ich für DICH alles getan hätte, alles, was du dir je in deinen kühnsten und abartigsten Träumen gewünscht hast, eben wirklich alles. Ich hätte mich überwunden, dir selbst den ausgefallensten sexuellen Wunsch zu erfüllen."

„Das klingt ja richtig verlockend", war Michaels gar nicht mehr schroffe Antwort, in der aber wieder die Unsicherheit darüber mitschwang, was ich eigentlich will.

„Ich wäre sogar bereit gewesen, gegen alle weibliche Solidarität als Nebenfrau mitzukommen."

„Gut, das war gestern. Und wie siehst du es heute, wo du – ohne meine Frau oder meine Nebenfrau zu werden – hier sitzt und in ein neues Leben startest. Ich will endlich klar sehen, du kleine Hexe."

Ich, die kleine Hexe, überlegte sehr lange, bis ich mich endlich so entschied, wie sich Hexen eben entscheiden – nämlich immer für das Frevelhafte.

„Ich sehe es so, dass ich dir unendlich dankbar bin und ich dir meine grenzenlose Dankbarkeit auch zeigen will. Als armes Mädchen habe ich dafür wohl kaum eine andere Möglichkeiten, als ...""

Bei diesem gedehnte Satzende legte ich meine linke Hand auf Michaels rechten Oberschenkel und begann diesen zu streicheln. Mit kreisenden Bewegungen näherte ich mich immer mehr dem Punkt, wo angeblich alle Männer schwach werden – auch wenn ich das nur aus dem Fernsehen wusste. Michael ließ geschehen und schien es zu genießen, wie sein heftigeres Atmen bewies.

Schließlich nahm ich all meinen Mut zusammen und sagte: „Bitte fahre irgendwo zu, wo wir unbeobachtet stehen bleiben können."

Das war leichter gesagt als getan. Neben uns nur endlos weite Felder, aber keinerlei Deckung gegen Beobachtung in Form eines Wäldchens, einer Böschung oder ähnlichem. Schließlich zweigte von der Straße ein fast zugewachsener Feldweg ab, der also offensichtlich kaum je befahren wurde. Michael bog ab.

Als Michael den Wagen dort etwa hundert Meter von der Straße entfernt zum Stillstand brachte, schnallte er sich ab und wollte aussteigen. Ich hielt ihn aber zurück. Das, was er wahrscheinlich mit mir auf der hinteren Sitzbank vorhatte, wollte ich nicht. Ich nestelte, weil völlig ungeübt, ungeschickt an seinem Gürtel, bis er mir endlich zu Hilfe kam und diesen selbst lockerte. Mit dem Zipp hatte ich weniger Probleme. Schließlich hatte ich das herausgefischt, was man gemeinhin ziemlich gemein als das beste Stück des Mannes bezeichnet.

Langsam und zärtlich versuchte ich mit meiner Hand das zu machen, was ich einmal im Fernsehen, meinem Lehrmeister für fast alles, mehr undeutlich als deutlich gesehen hatte. Michael ließ unter leisem Stöhnen geschehen. Schließlich beugte ich mich vor und tat, was mir meine Kuh Fella immer wieder am Salzstein gezeigt hatte. Sie war eine gute Lehrmeisterin gewesen. Oder soll ich Leckmeisterin sagen? Denn schon nach kurzer Zeit spürte ich ein Zittern, dann ein Beben und Zucken und schmeckte in meinem Mund etwas, was ich noch nie geschmeckt hatte. Tapfer schluckte ich und wartete, bis sich Michaels Glied in meinem Mund ganz entspannt hatte, während er offenbar dankbar für die Wohltat durch mein Haar kraulte.

Schließlich ließ ich von seinem besten Stück ab und überließ es ihm, wieder alles an seinem angestammten Platz zu verstauen.

Wortlos saßen wir nebeneinander und ließen das eben Erlebte nachwirken. Auch wenn es für Michael wahrscheinlich nicht das erste Mal war, wirkte er zufrieden und entspannt, was in mir wunderbare Glücksgefühle auslöste. Ich hatte nicht versagt. Ich hatte schon beim ersten Mal den richtigen Dreh heraußen, sagte ich mir nicht ohne Stolz.

Als ob Michael Gedanken lesen könnte, bestätigte er meine Selbsteinschätzung. „Du warst wirklich gut. Dein verflossener Freund Valentin war wahrlich ein guter Lehrmeister."

Ich musste lachen, herzlich lachen. Michael konnte sich das nicht erklären, bis ich ihn aufklärte:

„Mein Vorbild und meine Lehrmeisterin war die Kuh Fella. Ich habe dir doch nach langem, vergeblichem Widerstand erzählt, welche Assoziationen ihr Lecken am Salzstein und dessen Form bei mir auslöste. Nun habe ich – übrigens erstmals in meinem jungen Leben – versucht, dieses Wissen in die Tat umzusetzen, um DIR Lust und Freude zu bereiten. Du solltest meine Dankbarkeit dafür, dass du mich in die große weite Welt mitnimmst, bis in die Zehenspitzen spüren!"

Michael ergriff meine Hand und drückte sie an sein noch immer schnell pochendes Herz. Ich glaube, ich verstand die Geste richtig.

„Und Valentin betreffend", setzte ich fort: „Valentin war unser Hahn in Gasthaus, kein Mensch. Auch er war mir immer Vorbild, und zwar dafür, wie ein Mann – ein richtiger Mann – sein sollte; Stolz aber nicht arrogant, kampftüchtig aber nicht kampfsüchtig, zutraulich aber nicht vertrauensselig, potent statt schwächlich, intelligent statt Phrasen dreschend, natürlich statt überdreht, gepflegt aber nicht aufgeputzt, selbstlos ohne Selbstverleugnung."

„Na, da hast du dir die Latte aber ganz schön hoch gelegt", kommentierte Michael meine Wunschliste. „Da kann ich nicht mithalten."

„Wer kann das schon? Das ist natürlich ein Idealbild, das niemand erfüllen kann. Aber du, lieber Michael, kommst dem ziemlich nahe. Selbst was die Potenz betrifft, kann ich dir nun auf meiner Liste ein Häckchen geben."

„Nur ein Häckchen? Nicht einen großen, dicken Haken?", mimte Michael den Schmollenden.

73

„Und was ist mit dir, liebe Shiva? Fehlt da nicht auch noch ein Haken? Brauchst du keine Entspannung? Denn dass dich das kaltgelassen hat, kann ich nicht glauben."

Nein, das hatte mich wirklich nicht kaltgelassen. Mein Höschen war nicht nur feucht, sondern richtig nass geworden in meinem drängenden, nur mühsam unterdrückten Verlangen, aufgespießt zu werden. Aber das wollte ich nicht. Mein Verstand war stärker als die sexuelle Gier. Diese Grenze konnte, nein, durfte ich nicht überschreiten!

Nicht ohne triftigen Grund. Bei uns Zigeunern steht Jungfräulichkeit hoch im Kurs. Und der Verlust der jungfräulichen Ehre kann auch leicht zum Verlust des Lebens führen. Bei unseren Männern sitzen die Messer leider ziemlich locker. So sagte ich ihm, nicht ganz der Wahrheit entsprechend, dass sein Höhepunkt auch bei mir einen Höhepunkt ausgelöst hätte, aber eben nur einen stillen. Damit wären wir quitt. Und schließlich wollte ich ja ihm aus Dankbarkeit eine Freude machen, nicht mir.

Michael nahm das ungläubig zur Kenntnis, aber machte keinen zweiten Versuch, mich zu etwas nur für mich Schönem zu überreden.

So fanden wir uns nach knapp 15 Minuten eines von niemandem beobachteten und gestörten Vergnügens wieder auf der holprigen Landstraße und setzten unseren Weg zu dem mir noch immer unbekanntem Ziel fort.

Kap_13 Michaels Heimat

„Jetzt musst du mir, lieber Michael, endlich sagen, wohin wir fahren. Wo ist dein Zuhause, wo ist deine Heimat?"

Michael nahm die rechte Hand vom Steuer und vollführte in der Luft einen Halbkreis. „Hier ist meine Heimat, meine ursprüngliche Heimat."

Ich wiegte ungläubig meinen Kopf. „Hier? Hier im Nichts, im Niemandsland?"

„Ja, hier, oder besser nicht weit von hier. In einem kleinen Bauernhaus, das man von der Straße aus nicht sehen kann. Wie sonst, glaubst du, könnte ich mit dir akzentfrei rumänisch sprechen?"

„Aber du redest doch auch akzentfrei deutsch! Ich weiß das, weil du vor mir auf deutsch telefoniert und dann sogar mit mir deutsch gesprochen hast. Ich kenne den Klang der deutschen Sprache aus den deutschen Fernsehkanälen sehr genau. Wie also kommt es, dass du hier aufwuchst und dennoch perfekt deutsch sprichst?"

„Ganz einfach deswegen, weil wir hier durch ehemalige deutsche Siedlungsgebiete fahren. Jeder, der hier lebte, wuchs zweisprachig auf. Auch ich. Nach dem Krieg wurden viele Deutsche vertrieben, andere gingen freiwillig nach Deutschland. Nicht als Flüchtlinge, die ‚Asyl' schrieen und ihre Aufnahme mit allen erdenklichen Mitteln erzwangen. Nein. Wir waren dorthin ausdrücklich eingeladen und willkommen geheißen worden. Man beschloss sogar eigene Gesetze, um diese Umsiedlung – oder soll ich sagen, Rücksiedlung nach einigen hundert Jahren in die frühere Heimat – zu fördern."

„Auch meine Eltern folgten dem Ruf. Ich ging damals noch in die Volksschule. Meine Schulzeit vollendete ich dann in Deutschland. Daher ist es wohl kein großes Wunder, dass ich nun auch fließend und fehlerlos deutsch spreche. Akzentfrei würde ich nicht sagen. Denn auch innerhalb Deutschlands spricht man nicht akzentfrei. Ein Bayer spricht anders als ein Rheinländer oder ein Sachse. Du, liebe Shiva, sprichst eher akzentfreies Deutsch, weil du Deutsch nur aus dem Fernsehen kennst, also in der Form von Hochdeutsch. Aber wenn du erst einmal ein paar Wochen bei uns in Wien bist und mit meinem Vater viel redest, wirst auch du fließend deutsch sprechen – dann halt mit einem wienerischen Akzent."

Endlich war es heraußen, wo wir hinfahren. Endlich. Wien, die berühmte Stadt an der blauen Donau, wo Mozart, Beethoven und viele andere große Musiker wirkten. Ich würde vielleicht in Konzerte gehen können, vielleicht sogar in die Oper. Ich freute mich wie ein kleines Kind vor Weihnachten auf die kommende Zeit in Wien. Ich platze fast vor Glücksgefühlen. Einen Moment dachte ich daran, Michael als Blitzableiter für meine überschwänglichen Glücksgefühle zu benützen, ihn nochmals wie

eben zu verwöhnen und ihn so an meinen Glücksgefühlen teilhaben zu lassen. Aber fast im selben
Moment verwarf ich diese Idee. Was würde sich
Michael von mir denken. Würde er statt ‚du kleine
Hexe' dann ‚du kleine Schlampe' sagen. Nein und
nochmals nein. So bin ich nicht und so will ich
nicht sein – niemals. Wie konnte ich auch damals
ahnen, dass es oft anders kommt, als man denkt
und es sich wünscht.

Als könnte Michael meine Gedanken lesen, unter-
brach er meine geistigen Glückspurzelbäume mit
der Frage: „Nun, zufrieden? Jetzt, wo du endlich
weißt, wohin es geht."

„Ja, sehr", war meine schlichte Antwort, die so gar
nicht meiner inneren Jubelstimmung gerecht wurde. Aber was sollte ich auch sagen oder tun? Ihm
um den Hals fallen, jetzt während der Fahrt? Wohl
keine gute Idee. Da könnten wir ganz schnell im
Straßengraben und in Folge im Krankenhaus landen. Ich wollte aber in Wien landen.

Aber bis dahin war der Weg noch weit, wie Michaels Bemerkung bewies: „So, jetzt kommen wir
bald zur ungarischen Grenze. Halte deinen Personalausweis bereit. Seit der Asylkrise nehmen die
ungarischen Behörden die Kontrollen ziemlich genau. Aber mit meinem österreichischen Kennzei-
chen und nur einer zusätzlichen Person im Auto
werden sie mich kaum der Schlepperei verdächti-
gen und wohl problemlos passieren lassen."

„Übrigens", setzte er nach einer kurzen Pause belehrend fort, „hätten wir zu Zeiten der Donaumonarchie hier gar keine Grenze überschritten. All das rumänische Staatsgebiet, durch das wir eben fuhren, gehörte damals zu Ungarn. Insofern wärst du damals nicht ins Ausland gefahren, sondern nur in die k.k. Reichshaupt- und Residenzstadt Wien."

„Und hätte statt deines alten Vaters dann den alten Kaiser gepflegt?", setze ich sein Gedankenspiel fröhlich fort.

Kap_14 An der Grenze

An der Grenze war es mit meiner Fröhlichkeit schnell vorbei. Eine lange Wagenkolonne vor uns prognostizierte uns eine gehörige Wartezeit. Michael hieß mich auszusteigen und an dem kleinen Buffet, dessen wirtschaftliches Überleben wohl genau durch diese langen Warteschlangen gesichert war, einen Imbiss zu holen. Dazu drückte er mir einen Geldschein in die Hand und schärfte mir ein, nur ja ein Auge auf seinen Wagen zu haben. Schließlich wollte er nicht ohne mich über die Grenze fahren, wenn er an der Reihe war.

Das wollte ich noch viel weniger und schaute wirklich alle paar Sekunden, ob bzw. wie weit er inzwischen in der Autoschlange vorgerückt war. Leider hatte sich auch vor dem Buffet eine Schlange gebildet. Mehrere Frauen mittleren Alters waren offenbar mit der gleichen Idee aus einem Kleinbus ausgestiegen und standen nun tratschend in einer Reihe vor mir. Ich trat nervös von einem Bein auf das andere, weil es offenbar weder die Dame an der Ausschank noch die Frauen vor mir eilig hatten.

Ihren Gesprächen entnahm ich, dass die Frauen als Pflegerinnen tätig sind und im Monatsabstand zwischen ihren Arbeitsstellen in Österreich und ihren Wohnstätten hier in Rumänien pendeln. Sie kannten daher wohl das Prozedere und wussten genau, dass sie es nicht eilig haben müssen. Und wie mich ein kurzer Blick zu Michaels Wagen belehrte, lagen sie damit goldrichtig. Michael war inzwischen gerade um ein Fahrzeug weitergekommen. Und mindestens zwanzig warteten noch vor ihm.

Das beruhigte mich ein wenig und ließ mich ihrem Getratsche zuhören:

„Allerhand, was sich da manche herausnehmen. Letztens stand ich unter der Dusche und da kommt der alte Mann, den ich pflege, doch tatsächlich ins Bad und sieht mir ungeniert zu. Als ich ihm sagte, dass ich seine Pflegerin wäre und kein Schauobjekt für seine sexuellen Phantasien, tat er, als ob er nicht nur schwerhörig wäre, sondern gar nichts hören und damit verstehen könne. Er blieb einfach sitzen und genoss trotz seiner angeblichen Sehbehinderung meine Nacktheit.“

„Und warum wechselst du dann nicht?", fragte eine noch recht junge Pflegerin mit belehrendem Ton.

„Unsereins wird doch überall gesucht. Du findest leicht etwas Neues."

„Ach, man sieht, dass du noch nicht viel Erfahrung hast. Ja, ich finde sicher etwas Neues. Aber dann vielleicht einen Bettlägrigen, den ich füttern muss, und schlimmer, dem ich die Schüssel ins Bett bringen und den Hintern auswischen muss. Oder er trägt schon eine Windel, die er von oben bis unten vollgekackt hat und die ich dann wechseln muss. Zudem ist er dann meistens so bekleckert, dass ich ihn dort waschen muss, und zwar alle Teile, die davon betroffen sind, also meist auch sein bestes Stück. Bei einem hatte ich das Gefühl, dass er absichtlich in die Windel kackte, nur damit ich ihn auch dort wasche, wo er seine altersschwachen Lustgefühle entwickelt. Das war und ist wirklich nicht lustig. Da ist mir ein noch einigermaßen mobiler Mann lieber, selbst wenn er mir als Lustmolch bis ins Bad folgt. Denn zu mehr als zu Voyeurismus reicht es bei den alten Tattergreisen sowieso nicht."

„Da bin ich aber gar nicht deiner Meinung", mischte sich eine andere ein. „Meinem muss ich sogar jede Woche eine Prostituierte zuführen. Na ja, soll er. Im Übrigen würde ich es ihm um das viele Geld, das er dafür ausgibt, auch besorgen. Vier Wochen ganz ohne Mann sind für eine Frau in meinem Alter auch nicht ohne, noch dazu, wo auf mich als Geschiedene auch zu Hause kein liebeshungriger Mann auf mich wartet."

„Na, dann mach ihm halt ein verlockendes Angebot", riet ihr eine andere, wobei unklar blieb, ob sie es ernst meinte.

„Blödsinn. Der will nichts Beständiges, nicht immer dieselbe. Der will Abwechslung. Einmal habe ich ihm die gleiche Prostituierte bestellt. Da war er stinksauer. Aber das war nur einmal. Bei der Frau, bei der ich davor war, war es viel schlimmer. Die wurde bei jeder Kleinstigkeit stinksauer. Zudem war sie eine hinterhältige Tratsche, die bei unserer Chefin solange allerhand Lügen auftischte, bis diese meinte, dass ich mit einem Mann besser auskommen würde und mich abzog. Und so bin ich eben bei dem gelandet. Abgesehen von seiner wöchentlichen Entspannungsübung ist er friedlich und genügsam, insbesondere was das Essen betrifft. Insofern darf ich nicht klagen."

Ich hingegen musste mich beklagen, und zwar bei der Dame an der Ausschank: „Entschuldigen Sie bitte, aber könnten Sie ein wenig schneller machen. Ich habe es eilig. Vor meinem Wagen stehen nur mehr fünf Fahrzeuge."

„Warum sagen Sie das nicht gleich", war die unfreundliche Antwort. „Nehmen Sie sich halt eine der vorbereiteten Wurstsemmeln. Da brauchen Sie nicht zu warten."

Das tat ich denn auch, zahlte und eilte zu Michael, der nun schon an der zweiten Position stand. Wenige Augenblicke später ließ sich der rumänische

Grenzbeamte durch das geöffnete Fenster unsere Ausweise reichen und gab diese nach einem kurzen vergleichenden Blick gleich wieder zurück.

Beim nur wenige Meter dahinter stehenden ungarischen Kollegen wurden wir ebenso schnell und problemlos abgefertigt.

Michael schien zufrieden und sagte das auch: „Das ist ja besser gegangen als erwartet."

Ich wollte dem nicht beipflichten, weil wir ja doch eine ganze Weile in der Kolonne gestanden hatten. Aber ich hatte keinen Vergleich. Ich hatte bis heute ja noch nie eine Grenze überquert, ja nicht einmal die unsichtbare am Horizont rund um meine kleine Welt.

Kap_15 Fahrt durch Ungarn

Obwohl ich zunächst die Fahrt durch die ungarische Tiefebene genossen hatte, wurde deren Gleichförmigkeit mit der Zeit doch langweilig. Immer wieder konnten sich so die Gespräche der Pflegerinnen in mein Bewusstsein drängen und Fragen über Fragen aufwerfen. Würde der Alte auch so sein wie in den Berichten der Frauen? Was alles würde ich wirklich tun müssen? Was konnte und was durfte ich tun? Muss ich immer anwesend sein? Wen muss ich benachrichtigen, wenn irgendetwas passiert? Muss ich, wie an der Schank im

Gasthof, ein Kassabuch führen? Fragen über Fragen, auf die ich Antworten brauchte. Denn ich will meine Arbeit ordentlich und zur Zufriedenheit aller verrichten. Schließlich wandte ich mich an Michael:

„Beim Buffet an der Grenze standen einige Frauen vor mir, die sich als Pflegerinnen outeten."

„Ich weiß", warf Michael ein. „Das ist für mich ein gewohnter Anblick. Diese Frauen werden monatlich oder vierzehntägig von anderen Frauen abgelöst. Dahinter steht ein gut organisierter Wechsel- und Transportdienst, für den die Frauen natürlich zahlen müssen."

„Werde ich auch abgelöst?", fragte ich.

„Nein. Mein Vater will nicht dauernd andere Leute um sich haben. Und da du im Gasthof ja auch ohne Ablöse jahrein jahraus zur vollsten Zufriedenheit gearbeitet hast, schienst du mir nicht zuletzt deswegen die ideale Wahl zu sein. Anders als dort hast du aber eine geregelte Freizeit, nämlich an jedem Nachmittag zwei Stunden, während mein Vater sein Mittagsschläfchen hält, gelegentlich auch, wenn er abends fernsieht. Am Sonntagvormittag hast du auch frei. Und natürlich kannst du dir freinehmen – so es dafür einen vernünftigen Grund und einen Ersatz gibt."

„Wie soll ich das machen? Ich kenne niemanden in Wien, der für mich einspringen könnte."

„Doch, so eine Person kennst du – nämlich mich. Allerdings muss das rechtzeitig abgesprochen werden, weil ich mir das mit meiner Arbeit einteilen muss."

„Darf ich fragen, was du arbeitest?"

„Du darfst fragen, aber ich werde dir diese Frage erst beantworten, wenn die Zeit dafür reif ist."

Ich war enttäuscht. Warum diese Geheimnisse? Hatte er kein Vertrauen zu mir, sogar jetzt, wo er mich in seine innerste Intimsphäre eindringen ließ? Männer kann man offenbar wirklich nur schwer verstehen! Darum wechselte ich das Thema.

„Die Frauen ließen durchblicken, dass die von ihnen betreuten Männer zum Teil, wie soll ich sagen, mit der Pflegeleistung auch Dinge verbunden haben, die anstößig sind."

„… oder besser: als anstößig gelten. Ich kenne auch solche Geschichten. Aber ich verstehe nicht, was die Pflegekraft daran anstößig findet, wenn sie für den Pflegling eine Nutte bestellen soll. Sie muss diese Leistung ja nicht selbst erbringen, sondern nur telefonieren. Und das ist nicht anders, als wenn sie per Telefon den Arzt, eine Heilmasseurin, einen Friseur oder einen Fußpfleger bis hin zum Seelsorger bestellt hätte. Alle diese sind Professionisten und erbringen gegen Bezahlung oder Spende eine gewünschte Dienstleistung. Ich kann daher darin erst dann etwas Anstößiges erkennen, wenn die

Pflegerin diese artfremde Sex-Dienstleistung selbst erbringen soll oder gar muss."

„Sieht das dein Vater auch so? Was genau gehört dort zu den Pflichten, für die ich bezahlt werde?"

„Das, wovon du gerade gesprochen hast, nicht. Alles andere besprechen wir gemeinsam mit meinem Vater. Ok?"

„Ok."

Wirklich zufrieden war ich mit der Antwort nicht. Aber Michael hatte Recht. Sein Vater hatte als Hauptperson da wohl mehr als nur ein Wort mitzureden. Und sehr viel mehr an Arbeit als im Gasthaus konnte es wohl wirklich nicht sein.

Deshalb versuchte ich meine vielen Fragen ins Unterbewusstsein zu verschieben und beschäftigte mein Bewusstsein mit der an mir vorbeifliegenden Landschaft. Auf der Straße, wo wir gerade fuhren, kamen wir sehr viel schneller voran als auf den desolaten Straßen, auf denen wir in Rumänien unterwegs gewesen waren.

„Ich sehe, dass wir hier sehr viel schneller fahren können als in Rumänien."

„Kein Wunder. Wir sind auf der Autobahn. Auf dieser können wir nun bis Wien durchfahren. Rein technisch könnte ich noch viel schneller fahren. Die Straße und das Auto ließen locker das doppelte Tempo zu. In Deutschland dürfte ich das, aber nicht hier. Die ungarische Polizei ist für drakonische

Strafen für Verkehrssünder bekannt, welche die gesetzliche Höchstgeschwindigkeit nicht einhalten. Insbesondere bei Ausländern sind sie angeblich gnadenlos. Den Ärger will ich mir ersparen. Daher werden wir erst am späten Nachmittag an der Grenze zu Österreich eintreffen. Wenn du willst, kannst du daher ein paar Stunden Augenpflege betreiben. Du versäumst nicht viel. Die Landschaft schaut auf der ganzen Strecke ähnlich aus wie hier."

Ich ließ mir das nicht zweimal sagen, insbesondere nach der letzten Nacht, in der ich kaum ein Auge zugebracht hatte. Und so war ich nach wenigen Minuten in einen tiefen, traumlosen Erschöpfungsschlaf gefallen.

Kap_16 Österreich

„Aufgewacht", hörte ich mich wie aus weiter Ferne gerufen. „Wir sind gleich an der Grenze. Aufgewacht!"

Ich rieb mir den Schlaf aus den Augen und sah mich um. Auf der linken Seite ein nicht sehr hoher Berg mit einem Sender am Gipfel, davor in einer Senke nur undeutlich erkennbar eine kleine Stadt. Was sage ich da: klein? Gegenüber unserem Dorf ist es eine riesige Stadt.

„Wo sind wir, Michael?", fragte ich. „Was ist das für eine Stadt?"

„Das ist Sopron, das ehemalige Ödenburg. Die Stadt liegt nur wenige Kilometer südöstlich des Grenzübergangs zu Österreich. Also bitte richte wieder deinen Ausweis her."

„Aber sagtest du nicht, dass wir nun nur noch Autobahn fahren?"

„Ja, aber ich fuhr bei Raab ab, um den angekündigten Staus bei den Baustellen zu entgehen. Außerdem wäre es langsam Zeit zu einer Rast, oder?"

„Eine sehr gute Idee! Ich muss dringendst austreten!"

Michael hatte offenbar das gleiche Bedürfnis. Wenige hundert Meter später bog er nach rechts zu einem Restaurant mit dem Namen Arcus ab. Alles dort war sehr viel größer als in dem Gasthaus, wo ich bis gestern gearbeitet hatte. Ein riesiger Parkplatz für mindestens 100 Autos, mehrere Gasträume unter einem riesigen Dach, unzählige Kellner und Kellnerinnen eilten durch diese Räume und bedienten die Gäste. Anders als in meiner Welt waren es nicht nur wenige Gäste, sondern sehr viele.

Michael und ich steuerten schnurstracks zu jenem Ort, zu dem sprichwörtlich selbst der Kaiser zu Fuß geht. Als ich herauskam, saß Michael bereits an einem der Tische und winkte mich zu sich.

„Hast du nicht auch Hunger? Die Wurstsemmel war ja nicht gerade ein üppiges Essen!"

„Doch, ja", war meine Antwort.

Dann machte ich einen Blick in die Speisekarte und erschrak: „Das ist ja alles schrecklich teuer."

„Das ist es nicht, jedenfalls nicht gegenüber den Preisen in Österreich. Nicht wenige Österreicher fahren daher die paar Kilometer über die Grenze, um hier deutlich billiger und nicht weniger gut zu speisen. Daher werden auch wir hier essen, nicht erst in Wien."

Michael bestellte eine Hühnersuppe mit Nudeln, obwohl es viele andere Suppen im Angebot gab.

„Warum hast du die Hühnersuppe bestellt? Du hast doch erst gestern eine gegessen. Ist sie vielleicht deine Lieblingssuppe oder willst du vergleichen, welche dir besser schmeckt?"

Michael schmunzelte. „Du hast mich durchschaut. Ja, ich will wirklich einen Vergleich, aber nicht für mich, sondern für meinen Vater. Wenn mich dieser nach deinen Kochkünsten fragt, kann ich ihm eine durch einen Test belegte ehrliche Antwort geben – die wohl zu deinen Gunsten ausfallen wird. Mein Vater und ich aßen hier nämlich schon öfters."

Schon nach wenigen Löffeln wusste ich, dass Michaels Vorausurteil richtig war. Diese Suppe hier war wirklich sehr gut – aber meine war ohne alles falsche Eigenlob besser gewesen. Dass das vielleicht an Valentins hormonfreiem, gesundem Fleisch lag, stand nicht zur Diskussion und wollte ich auch nicht thematisieren.

„Im Übrigen hätte ich auch gerne dein Reisfleisch einem Vergleich zugeführt. Aber das gibt es hier nicht. Also habe ich als Ersatz uns eine süße Hauptspeise bestellt, nämlich Palatschinken mit Marillenmarmelade. Du sagst mir dann ehrlich, ob die, die du mir gemacht hättest, besser gewesen wären. Denn dann müsste ich überlegen, ob ich nicht mit dir besser ein exquisites Haubenlokal in Wien eröffne, statt dein Kochgenie an meinem Vater zu vergeuden."

Ich errötete über soviel Vorschusslob und hoffte inbrünstig, dass ich diesem gerecht werden konnte. Dennoch sagte ich nach einigen wenigen Bissen, dass ich es auch nicht besser könnte. Das war eine glatte Lüge. Denn ich könnte. Aber vielleicht wieder nur wegen der Ingredienzien, die ich verwendet hätte: An den frischen Eiern von Hennen, die frei herumlaufen und neben den von mir ausgestreuten nicht-genmanipulierten Maiskörnern nach Lust und Laune auch Würmer und Grünzeug fressen können, und an Fellas frischer, nicht durch Homogenisierung und Pasteurisierung denaturierten Milch und an der daraus geschlagenen frischen Butter. Ich log, weil ich absolut keine Lust verspürte, tagaus tagein in einer heißen Küche zu kochen. Ich wollte keine Haubenköchin werden. Ich freute mich schon darauf, mit dem alten Mann zu reden, meine Sprachkenntnisse zu verbessern und mein eigener Herr – oder sollte ich besser sagen: meine eigene Frau – zu sein. Denn sicher würde der alte Mann mich nicht ununterbrochen herumkommandieren: ‚Shiva, hast du schon die Blumen gegossen?‘, ‚Shiva, warum ist der Tisch da vorne noch immer schmutzig?, ‚Shiva, das Grünfutter wird alle‘ usw.

Michael sah mich skeptisch an, als ich ihm meine Lüge auftischte. Aber er akzeptierte, ohne nachzufragen oder diskutieren zu wollen.

Wenig später waren wir in Österreich. Der Grenzübertritt war ohne jede Kontrolle über die Bühne gegangen. Niemand hatte von uns Notiz genommen.

„So, in spätestens einer Stunde sind wir in Wien. Ich werde uns gleich vorankündigen.“

Gesagt, getan. Michael drückte vorne auf dem großen Bildschirm herum, bis sich eine Stimme mit einem kurzen ‚Hallo‘ meldete. „Papa, in einer Stunde sind wir bei dir.“

Kap_17 Wien

Eben fuhren wir von der Südautobahn kommend bei Vösendorf in die Stadt ein, die mich in der sinkenden Abendsonne mit tausenden hell erleuchteten Fenstern und grell glitzernden Reklameflächen begrüßte. Ich war tatsächlich in der Glitzerwelt angekommen, die ich bisher nur aus dem Fernsehen kannte. Es war das erste Mal, dass ich eine Großstadt in Natura sah. Ein weiteres erstes Mal nach den vielen ersten Malen, die ich heute davor erlebt hatte.

So hatte ich heute erstmals die unsichtbare Grenze um meine kleine Welt überschritten, die ich bis dahin noch nie verlassen hatte. Erstmals überschritt ich die Grenze zwischen Rumänien und Ungarn, dann erstmals die zwischen Ungarn und Österreich.

Auch eine andere Grenze hatte ich heute erstmals überschritten. Nämlich die vom naiven, braven Mädchen zu einem mit ersten sexuellen Erfahrungen, die weit über die üblichen ersten, schüchternen pubertären Küsse hinausgingen.

Ich war mir bewusst, dass der zu Ende gehende Tag vielleicht der wichtigste in meinem Leben war. Ich hatte die Fesseln um meine kleine Welt gesprengt, viele Grenzen überschritten und war in jener Glitzerwelt angekommen, die für mich das Ziel meiner Träume war. Ich war mir der Tragweite und des Risikos meines Schrittes bewusst. Aber so ist das Leben nun einmal: No risk, no fun.

Wie angekündigt erreichten wir, nachdem wir uns durch einige Straßen im Schritttempo gestaut hatten, tatsächlich nach einer Stunde das Endziel unserer Reise. Michael hatte diese Zeitverzögerung offensichtlich schon richtig vorhergesehen und eingeplant.

Unser Endziel war ein großer Platz irgendwo in der Innenstadt, in dessen Mitte ein Brunnen mit einer eigenartigen Figurengruppe stand. Ich konnte diese in der bereits einsetzenden Dunkelheit nicht genau betrachten, ebensowenig wie ich den Namen des Platzes irgendwo ablesen konnte. Der ganze Platz war mit Autos zugeparkt, sodass Michael immer wieder nach einem Parkplatz suchend in engeren oder weiteren Kreisen den Brunnen umrunden musste.

Auf den Gehsteigen drängten sich mehr Menschen, als es in unserem Dorf insgesamt gab. Der Bewegungsraum für diesen Strom an Menschen war durch kleine Gastgärten eingeengt, die zum Bersten voll waren. Jetzt verstand ich Michael, als er davon sprach, ein Haubenlokal aufmachen zu wollen. Hier musste man nicht warten, bis irgendwann einmal zufällig ein Gast eintritt, hier stritten sich die Leute um jene wenigen Plätze, die dann und wann frei wurden.

Es war laut, so laut, dass ich mich fragte, ob und wie sich die Menschen in den Gastgärten unterhalten konnten. Denn augenscheinlich taten sie es. Es stank nach Zigarettenrauch und Pferdeurin. Beide Gerüche kannte ich nur zu gut aus meiner kleinen Welt.

Die Produzenten des Zigarettenrauchs hatte ich sofort eruiert; sie saßen in den Gastgärten oder standen vor Eingängen zu Häusern oder Geschäften und erzeugten Schwaden dieses stinkenden Rauches. Das hatte auch sein Gutes. Von Moskitos würden diese Menschen wohl kaum belästigt werden. Zudem überdeckte dieser Gestank ein wenig den noch viel ekeligeren, ja bestialischen Gestank nach Pferdeurin. Allerdings konnte ich weit und breit kein Pferd erblicken. Seltsam!

Endlich tat sich eine Parklücke auf, als ein anderer Wagen wegfuhr. Michael gelang es, sich einzuparken, bevor der andere dort ebenfalls schon lange kreisende Wagen sich keck in den Raum hineindrängen konnte. Der Mann im anderen Auto zeigte Michael daraufhin den Mittelfinger. Keine Ahnung, was er damit ausdrücken wollte. Michael wusste es wohl, weil er dem Mann irgendetwas zurief, was wie ein Fluch oder eine Beleidigung klang. Jedenfalls erlebte ich hier, dass sich Michael ganz anders geben konnte, ja vielleicht geben musste, als ich ihn bisher erlebt hatte.

Egal. Wir konnten aussteigen. Nein, doch noch nicht. Michael fischte irgend einen färbigen Zettel aus einem der Ablagefächer, schrieb irgendetwas darauf und legte den Zettel unter der Windschutzscheibe ab. Wie einfach war es da bei uns. Man konnte überall mit seinem Wagen stehen bleiben – so man einen hatte. Aber das traf nur auf ganz wenige zu.

Jeder nahm sein Gepäckstück und wir zwängten uns damit durch eine dicht gedrängte Menschenmenge, die vor einem Eisgeschäft darauf wartete, bedient zu werden. Zugern hätte ich dieses Eis gekostet und mit dem verglichen, das ich kannte – Eis aus der Tiefkühltruhe Aber daraus wurde nichts. Michael zog mich am Arm weiter bis zu einem Haustor, dessen Nummer beleuchtet war und die ich daher lesen konnte: 1. Und endlich sah ich auch den Namen des Platzes: Hoher Markt.

Michael drückte einen Knopf auf der Sprechanlage, worauf ein Schnarren erklang. Obwohl es bei uns im Dorf keine solche Anlage gibt, wusste ich aus den Filmen im Fernsehen Bescheid. Ich lehnte mich gegen das Tor und drückte es auf. Michael folgte mir und ging zum Lift, um diesen zu rufen.

Auch hier wusste ich nur aus den Filmen Bescheid, was zu tun ist. Denn in unserem Dorf gab es keinen Lift. Wozu auch? Außer in der Kapelle mit seinem Chorbalkon und dem Gasthof waren alle Gebäude ebenerdig. Wozu sollte man in die Höhe bauen, wo es doch genug Platz gibt? Mit Ausnahme des Gasthofs wurden nicht einmal die vorhandenen Dachräume zum Wohnen genutzt, sodass eine einfache Holztreppe, ja sogar eine Leiter, völlig ausreichte, wenn man am Dachboden etwas tun oder ablagern wollte. Hier war es offensichtlich anders, weil alle Häuser, die ich am Platz gesehen hatte, mehrstöckig waren, oft sogar mit zum Wohnen ausgebautem Dachraum. Hier brauchte man Aufzüge.

Als der Lift ankam, war ich erstaunt. Er besaß statt der erwarteten einen Tür deren zwei. Michael klärte mich auf, dass dies aus Sicherheitsgründen nun-

mehr vorgeschrieben sei. Während seiner Erklärung schubste Michael erst seinen Koffer, dann
meine Schachtel und zuletzt mich in die Liftkabine,
bevor auch er selbst zustieg und auf den Knopf mit
der Nummer zwei drückte. Der Lift setzte sich fast
lautlos in Bewegung und beförderte uns wie gewünscht in das zweite Stockwerk.

Kap_18 In der neuen Wohnung

Dort stand eine der Wohnungstüren bereits einla-
dend offen, ohne dass sich eine Menschenseele blicken ließ. Michael störte das offensichtlich nicht.
Er zog die beiden Gepäckstücke aus dem Lift auf
den Gang und von dort in die Wohnung. Ein langer
Vorraum empfing uns, der nach einem Knick nach
links in ein Zimmer führte, das offensichtlich zum
Wohnen gedacht war. Und dort sah ich ihn das erste
Mal, jenen Mann, den ich fortan pflegen sollte.

Abgesehen davon, dass er in einem Rollstuhl saß,
wirkte er weder besonders krank noch besonders
alt. Nach meiner Schätzung war er noch keine sieb-
zig Jahre alt. Er musterte mich forschend und
streckte mir schließlich seine Hand entgegen und
sagte auf deutsch: „Willkommen, junge Frau. Ich
freue mich, dass mein Sohn mir endlich eine so
junge, so hübsche, so arbeitsame und angeblich einigermaßen deutsch sprechende Frau zuführt. Wie
darf ich Sie nennen?"

„Ich heißen Shiva", antwortete ich in gebrochenem Deutsch.

„Ein ungewöhnlicher Name. Egal. Sie haben ihn sich ja nicht ausgesucht. Sind Sie sehr müde nach der langen Fahrt? Ja? Sie können sich im Bad frisch machen. Vielleicht haben Sie es schon entdeckt. Die Tür dazu liegt auf der linken Seite des langen Vorraumes. Aber warten Sie. Ich werde Sie herumführen."

Er bewegte den Steuerknebel auf seinem Rollstuhl, worauf dieser sich fast unhörbar surrend in Bewegung setzte.

„Sehr praktisch, nicht wahr", zeigte sich der alte Mann wie von Michael angekündigt sehr redselig. „Wenn wir beide gemeinsam ausgehen, müssen Sie mich nicht mühsam schieben. Nur bei Stufen brauche ich Ihre Hilfe."

Daraufhin führte er mich durch die Wohnung, zeigte mir den Abstellraum, die Küche, das WC und zuletzt das Kabinett, in dem ich schlafen und wohnen würde. Es war ein kleiner Raum, kaum größer als meine Schlafkammer im Wirtshaus, der aber durch die Verspiegelung einer Wand doppelt so groß wirkte. Wie früher bestand die Einrichtung aus nicht mehr als aus einem Bett, einem deutlich größeren Kasten und einem deutlich kleineren Tisch mit nur einem Stuhl. Allerdings waren alle diese Möbelstücke deutlich moderner und in einem weit besseren Zustand als in Rumänien.

„Und wo sein Ihr Bett?", fragte ich in gebrochenem Deutsch.

„Hier, anschließend an das Wohnzimmer. Und wissen Sie, was mich besonders freut? Dass Sie mich verstehen und mir auf Deutsch antworten versuchen. Immerhin wissen Sie von Michael, dass ich Rumänisch kann."

„Schon. Aber ich will lernen. Beim Verstehen gut, beim Sprechen nicht so. Bitte Geduld haben und wiederholen, wenn notwendig. Ich will lernen!"

Michael, der bisher nur zugehört hatte, mischte sich ein. „Papa, du weißt, was wir ausgemacht haben. Du sprichst mit Shiva deutsch, nur ausnahmsweise rumänisch, nur dann, wenn sich ein sprachliches Missverständnis nicht anders aufklären lässt. Sie soll Deutsch lernen! So wie ich Shiva kennengelernt habe, ist sie ein überaus vifes und gelehriges Mädchen, das daher in wenigen Tagen, spätestens Wochen, fließend und grammatikalisch richtig Deutsch sprechen wird – so du ihr dabei hilfst. Also rede bitte viel mit ihr, bessere freundlich ihre Fehler aus, und ihr beide werdet dann viele gute und interessante Gespräche führen können."

„Davon bin ich schon jetzt überzeugt", gab sich der Alte gentleman-like.

„Was ich nicht wissen, wie ich zu Ihnen soll sagen", mischte ich mich wieder in das Gespräch zwischen Vater und Sohn.

„Sag einfach Gabriel", war die Antwort. „Und nett wäre es, wenn wir beide das SIE weglassen könnten. Auf diese Weise kommt dann niemand auf die Idee, dass du meine Pflegerin bist, sondern man hält dich für meine Tochter."

„Du meinst wohl Enkelin", mischte sich Michael ein. „Wer traut dir denn, du Angeber, mit deinen 78 Jahren eine 18-jährige Tochter zu?"

„Also von der Potenz her wäre das überhaupt nie ein Problem gewesen", protestierte Gabriel. „Mir hat nur die Frau dazu gefehlt. Deine Mama wollte kein weiteres Kind. Jammerschade. Ich hätte immer gerne eine Tochter gehabt. Aber was habe ich bekommen, liebe Shiva, einzig so einen missratenen Sohn."

„Wieso missraten?", warf ich mich entrüstet für Michael in die Bresche.

„Warte nur, bis du ihn richtig kennengelernt hast und alles über ihn weißt. Jetzt hast du nur sein Sonntagsgesicht gesehen. Und ja, das kann er wirklich, auf junge Frauen wie dich wie ein Gentleman wirken. Ich sage nur: nimm dich in Acht."

„Und nun", setze er nach einem prüfenden Blick in meine rot geränderten Augen, „geh deine Sachen auspacken und leg dich schlafen. Du siehst hundemüde aus. Morgen werden wir dann alles andere besprechen. Und ich werde morgen, hoffentlich zum letzten Mal, allein das Frühstück herrichten."

Ich ließ mir das nicht zweimal sagen, reichte Michael und Gabriel noch die Hand und lag kurze Zeit später im Bett. Diesmal nicht auf einem Strohsack mit einem halb durchgewetzten Laken, sondern in einem frisch mit Damastbettzeug überzogenen Bett mit Federkernmatratze und einer dünnen Daunendecke, wie sie den Sommertemperaturen angemessen war. In einem solchen Traumbett und nach der letzten durchwachten Nacht war es kein Wunder, dass ich wenige Minuten später bereits tief und fest schlief.

Kap_19 To-Do-Liste

Am nächsten Morgen war ich überrascht, wie lange ich geschlafen hatte. Es war heller Tag, also sicher nicht erst 5 Uhr Früh. Offenbar hatte mich der intensive Kaffeegeruch geweckt.

Als ich im Nachthemd ins Bad eilte, winkte mir Gabriel aus der Küche freundlich zu. Er war damit beschäftigt, für uns zwei ein leckeres Frühstück zu richten. Als ich aus dem Bad kam, winkte er mich zu sich in die Küche. Auf dem kleinen Tisch, der dort stand, war für zwei Personen gedeckt. Es gab für jeden ein weichgekochtes Ei, zwei Stück Toastbrot, Butter und Marmelade sowie ein wenig Grünzeug, sprich Paprika und Gurke, eine Tasse Kaffee und ein großes Glas Orangensaft. Ich konnte mein Glück kaum fassen. Zuerst diese herrliche Nacht in einem Traumbett, nun ein Frühstück, wie es kaum festlicher sein konnte – jedenfalls verglichen mit dem, was ich im Gasthof meiner kleinen Welt Tag für Tag erlebt hatte.

„Komm, setz dich her", sagte Gabriel. „Anziehen kannst du dich auch später. Sonst sind die Eier und der Kaffee kalt."

Gabriel hatte recht. Ich konnte das später tun. Schließlich saß ich ja nicht nackt neben ihm, sondern in einem züchtigen, hochgeschlossenen Nachthemd ohne jeden verführerischen Krimskrams. Dass sich die Nibbel meiner Brüste unübersehbar durch den Stoff drückten, nahmen ich und er in Kauf. Mit seinen 78 Jahren hatte er wohl schon vieles mehr gesehen als nur das.

Während wir aßen, versuchte Gabriel mir zu erklären, wie er sich unser Zusammenleben vorstellte.

„Nun, ich stehe üblicherweise um etwa 7:30 auf. Du hilfst mir bitte vom Bett in den Rollstuhl. Ich hoffe, ich bin dir mit meinen 62 kg nicht zu schwer."

„Wird schon gehen."

„Dann schiebst du mich ins WC, nimmst mir die Windel ab, die ich ohnehin nur zur Sicherheit trage, aber kaum je brauchte. Vom Rollstuhl auf die Muschel schaffe ich es selber, muss es schaffen, weil zu wenig Platz ist, als dass du mir helfen könntest. Während ich mein Geschäft erledige, lüftest du das

Bett und gleich auch die ganze Wohnung. Danach bringst du mich vom WC ins Bad und hilfst mir in die Badewanne, wo ich mich auf ein Duschbrett setze und wo du mir beim Einseifen und Abduschen hilfst. Dabei bin ich natürlich nackt. Ich hoffe, dass das für dich kein Problem ist."

Ich verneinte durch Kopfschütteln. Vor zwei Tagen wäre es vielleicht noch eines gewesen, nach dem, was ich gestern tat, nicht mehr.

„Einmal wöchentlich wäschst du mir dabei die Haare – na ja, was davon halt noch über ist." Dabei fuhr er sich mit beiden Händen durch das schüttere Haar und schmunzelte in einer Weise, wie ich sie von Michael kannte. Es bestätigte sich wiederum die Volksweisheit, dass der Apfel nicht weit vom Stamm fällt.

„Während ich mich rasiere, richtest du mir frische Wäsche und bringst sie ins Badezimmer, um mir dort beim Ankleiden und in den Rollstuhl zu helfen. Dann holst du die Tageszeitung, die täglich bis zur Wohnungstür angeliefert wird, und schiebst mich wieder ins Wohnzimmer. Dort lese ich die Zeitung, bis du das Frühstück fertig hast. Spätestens um 8:15 möchte ich – natürlich mit dir gemeinsam – in der Küche frühstücken. Was ich gerne esse, hast du heute gesehen. Aber du kannst mir gerne Vorschläge machen, wie wir das Frühstück abwechslungsreicher gestalten könnten. Ist dir heute etwas abgegangen?"

Ich duckste ein wenig herum, bis ich mich doch zu einem Vorschlag durchrang. „Wie wäre ein Stück Kuchen in der Früh – auf Wunsch selbstgebacken?"

Gabriel wiegte das Haupt. „Eine gute Idee. Gusto darauf hätte ich schon. Allerdings muss ich den Arzt fragen, wie sich das mit meinem Alterszucker verträgt. Im Übrigen musst du dich um meine Medikamente nicht kümmern. Michael lässt diese beim Arzt für mich verschreiben, besorgt diese und portioniert sie in einem Wochenspender. Den bringt er bei seinen üblichen Besuchen am Sonntagvormittag mit. Du brauchst mich nur daran zu erinnern, die Pillen zu nehmen. Falls wir beide vergessen, ist das auch kein großes Malheur. Keine der Pillen ist lebenswichtig. Vielfach nehme ich sie nur vorsorglich oder sogar als Nahrungsergänzung."

„Dann", fuhr Gabriel mit der Tageseinteilung fort, „machst du die Küche sauber. Ich denke, dass du spätestens um 9 Uhr mit all dem fertig sein wirst."

„Und wann soll ich meine Morgentoilette machen und mich anziehen?"

„Falls du meine alten Augen nicht wie eben mit deinem wunderbaren Körper in einem nicht ganz blickdichtem Nachthemd verwöhnen willst, wohl am besten bevor ich dich um 7:30 brauche."

Ich errötete, sagte aber nichts dazu.

„Das heißt dann wohl, dass für dich um 7 Uhr Tagwache ist."

Ich war mehr als zufrieden mit dem, was ich bisher gehört hatte. Ich konnte zwei Stunden länger schlafen. Herrlich.

„Oder", setzte Gabriel fort, „du machst das ab 9 Uhr. Bedenke aber, dass du am Vormittag meist noch vieles andere zu tun hast, etwa staubsaugen und staubwischen, Wäsche waschen und bügeln oder das einzukaufen, was du zum Kochen des Mittag- und Abendessens benötigst. Damit du weißt, was du benötigst, beschließen wir vorsorglich immer schon am Vortag, was wir am nächsten Tag essen wollen. Jeder von uns kann dazu aufgrund seines Appetits oder nach Jahreszeit und Verfügbarkeit im Supermarkt Vorschläge machen. Ich hoffe, dass wir uns gütlich auf einen Speiseplan einigen können. Wenn nicht, entscheide ich."

„Aber das sein ja klar. Du sein hier der Herr."

„Es freut mich, dass du das so siehst. Die modernen jungen Frauen hier in Österreich sehen das vielfach nicht so. Die wollen den Herren spielen und mir vorschreiben, was ich zu tun und zu lassen habe. Darum habe ich ja auch keine dieser Frauen als Pflegerin angestellt."

„Im Übrigen ist der Supermarkt gleich gegenüber. Da, schau durchs Fenster. Er ist riesig. Aber du wirst dich sicher sehr schnell zurechtfinden."

„Hoffentlich. Ich kenne aus Fernsehen. Im Dorf bei uns kein Supermarkt. Einmal in der Woche ein großes Auto kommt, das liefert an Gasthaus. Andere Leute auch können kaufen. Sonst müssen in nächste Ort fahren, aber der sehr weit weg."

„Bitte achte auf die Preise und Sonderangebote. Ich schwimme nicht in Geld. Und ja. Bezahlen kannst du dort, aber nur dort, ohne Bargeld mit meiner Kundenkarte. Wenn du nicht weißt, wie, wird dir die Dame an der Kassa gerne helfen. So zu zahlen ist für alle Beteiligten einfacher. Ich brauche kein Bargeld in der Bank oder beim Automaten beheben, und du brauchst mit mir die Einkäufe nicht abzurechnen. Den Kassazettel bringst du mir dennoch mit, damit ich eine Kontrolle habe, was du einkaufst und wie sich die Preise entwickeln. Denn bei uns wird fast alles fast täglich teurer, obwohl uns die Politik und die Medien weismachen wollen, dass wir im Schlaraffenland leben."

„Was sein Schlaraffenland?"

„Ein Name aus irgendeinem Buch für ein Land, wo es alles gibt und es allen gut geht."

„Das ist doch so. Ich weiß aus Fernsehen."

„Du musst nicht alles glauben, was du im Fernsehen siehst. Auch bei uns gibt es sehr arme Leute, Menschen ohne Wohnung und ohne Geld, die auf der Straße schlafen und betteln müssen. Ich werde dir bei der nächsten Ausfahrt solche Menschen zeigen."

„Gern. Was soll ich kochen heute?"

„Ich dachte an gedünsteten Fisch mit Bratkartoffeln und Salat. Was hältst du davon?"

„Toll. Ich auch Suppe kochen soll?"

„Nicht nötig. Im Kühlschrank steht noch ein Rest, der für uns beide reichen sollte. Und als Nachspeise holst du vom Eisgeschäft unten für jeden von uns einen Becher Eis. Meine Lieblingssorten sind Erdbeere und Haselnuss. Wirst du dir das merken?"

„Ja. Aber ich werde alle Wünsche in Kalender schreiben, auf Deutsch und Rumänisch. Habe einen in Küche gesehen."

„Eine gute Idee", antwortete Gabriel. „Das Eisgeschäft findest du, wenn du unten beim Haustor etwa 30 Meter nach links gehst. Du kannst es nicht verfehlen. Am besten gehst du erst knapp vor dem Mittagessen das Eis holen. Gegessen wird pünktlich um 12 Uhr."

„Aye aye, Sir", versuchte ich zu scherzen. Gabriel stieg darauf ein und lachte.

„Wenn wir mit den Essen fertig sind, wäschst du ab und putzt die Küche. Ich nehme an, dass du mit allem um etwa 13 Uhr fertig sein wirst. Du hast dann Freizeit bis um 15 Uhr. Ich genehmige mir in dieser Zeit ein ausgiebiges Mittagsschläfchen. Danach machen wir, je nach Wetter, gemeinsam einen längeren oder kürzeren Spaziergang – nein, für mich müsste ich sagen: eine Ausfahrt. Nach der Rückkunft richtest du das Abendessen her, dann wird ge-

gessen, dann wird die Küche gesäubert und allen-
falls für das Frühstück des nächsten Tages etwas
vorbereitet, etwa ein Müsli und meine Trocken-
pflaumen eingeweicht."

„Das sein mir nicht klar, was ich da muss tun."

„Ich werde es dir heute Abend zeigen. Ok?"

„Ok."

„Danach können wir gemeinsam Fernsehen, etwas
spielen oder auch nur plaudern oder diskutieren,
was ich für mein Leben gern tue. Wenn ich mir einen Film ansehe, kannst du in dieser Zeit abends
auch weggehen. Danach, aber um spätestens 22:30
will ich zu Bett gehen, wo ich deine Hilfe zum Entkleiden und Ins-Bett-Steigen brauche. Das heißt,
dass du spätestens um diese Zeit wieder hier sein
musst. So, und damit kennst du nun deinen Arbeits-
plan."

„Das gehen jeden Tag so?", fragte ich nach.

„Nein. Am Sonntag gebe ich dir von 9 Uhr bis 12
Uhr frei, denn da kommt Michael zu Besuch. Dieser lädt uns dann in ein nahes Gasthaus zum Mittagessen ein. Dort können wir dann allfällige Probleme zu dritt besprechen und er wird dir auch deinen Lohn geben. Wie vereinbart 400 € pro Woche.
Da du an diesem Tag nicht kochen musst, kannst du
vormittags ziellos bummeln, in die Kirche, in ein
Museum oder in ein Konzert gehen oder dich mit
Freunden treffen."

„Ich haben keine Freunde hier."

„Die wirst du als hübsche junge Frau aber bald haben, insbesondere männliche. Mit denen darfst du dich übrigens auch wochentags treffen, sogar hier in deiner Kammer zwischen 13 und 15 Uhr – sofern ich dadurch nicht in meinem Mittagsschlaf gestört werde."

„Oh, habe verstanden alles. Das sein alles sehr schön", gab ich meiner tiefsten Zufriedenheit mit der To-Do-Liste Ausdruck. Ich war wirklich im Schlaraffenland angekommen: „Ich werd alle machen gut. Sie werden sein sehr zufrieden mit Shiva."

Kap_20 Michael lädt ein

Die nächsten Tage verliefen genau nach diesem Plan. Gabriel war in dieser Hinsicht sehr stur, in anderer Hinsicht sehr entgegenkommend und liebenswürdig. Er hatte sich Michaels Bitte zu Herzen genommen, mit mir viel zu sprechen und meine Fehler auszubessern. Und so machte ich gewaltige Fortschritte.

Als Michael am nächsten Sonntag wie angekündigt uns beide zum Essen einlud, konnte er das bestätigen.

„Shiva, du hast sprachlich wirklich große Fortschritte gemacht."

„Dank deinem Vater", reichte ich das Kompliment weiter.

„Ich hoffe, mein Vater hat dir auch gesagt, dass ich dir immer den Wochenlohn auszahlen werde. Wie willst du ihn haben? Die ganze Summe jede Woche oder am Monatsende bar auf die Hand?"

„Ja. Warum nicht. Die Wirtsleute haben auch mich so bezahlt."

„Das ist aber mühsam", wandte Michael ein. „Du müsstest mir nämlich jedes Mal eine Bestätigung für den Erhalt des Lohns ausstellen. So muss man das hier im Westen machen, wenn man mit Bargeld hantiert. Deswegen wird das Zahlen mit Bargeld immer unüblicher. Man arbeitet mit Konten und Kreditkarten aller Art. Auch du, weil du mit der Kundenkarte meines Vaters im Supermarkt einkaufen gehst. Richtig?"

„Richtig."

„Und hattest du damit jemals Probleme?"

„Nein."

„Dann wäre es wohl das einfachste, wir verwenden ein Konto samt Kreditkarte, mit der du bezahlst, wenn du etwas für dich persönlich einkaufst."

Ich bekam glänzende Augen bei dem Gedanken, wie in den Filmen lässig in der Shoppingmeile zu bummeln und groß einzukaufen.

„Wie kann ich haben Konto?", fragte ich Michael.

„Hattest du vielleicht in Rumänien ein Konto, das wir weiter verwenden können?", war die Gegenfrage, die sich eigentlich selbst beantwortete.

„Natürlich nein", war meine Antwort. „Im Dorf sein keine Bank. Nirgends in der Nähe sein Bank. Auch kein Computer zum Verwalten von Konto. Wahrscheinlich ich auch nicht hätte können, wenn einer da. Da braucht man viel Wissen und auch Dokumente!"

„Stimmt", bekräftigte mich Michael. „Das ist alles nicht so einfach. Deswegen werde ich das Konto auf meinen Namen eröffnen. Du bekommst darauf mit einer Kreditkarte Zugriff. Das ist dann beim Einkaufen genauso wie mit der Kundenkarte meines Vaters."

Dass es nicht genauso war, konnte ich naives Ding vom Land natürlich nicht ahnen. Ich war geblendet von der Vorstellung, demnächst für mich schöne neue Kleider zu besorgen, etwa ein neckisches Nachthemd, dass dem alten Gabriel die Augen übergehen würden.

„Gut, abgemacht", bekräftigte Michael unsere Vereinbarung. „Im Übrigen: Willst du deinem Vater wie besprochen regelmäßig Geld überweisen?"

‚Besprochen' war gut, dachte ich bitter. Michael hatte es im Gespräch mit meinen Eltern aufs Tablett gebracht. Ich dachte nach, hin- und hergerissen zwischen meinen vielen Wünschen und meiner

Pflicht gegenüber meinen Eltern. „Gut. Ich werde meine Eltern 200 € im Monat geben."

Michael sah mich zweifelnd an.

„Na gut", sagte ich schließlich ohne große Freude. „Wir machen 400 € jeder Monat. Das ist viel wie Arbeiter dort netto verdienen. Oder viermal, was Mensch in unserer ärmster Teil im Südosten Rumäniens kriegt. Das ist doch nicht klein, oder?"

„Nein", bekräftigten Michael und Gabriel unisono. „Das ist wirklich nicht kleinlich."

„Und wie viel willst du für deine Zukunft sparen? Jetzt hast du Kost und Quartier gratis. Aber das wird nicht immer so sein. Wie viel willst du auf die hohe Kante legen?"

„Wieder 400 € im Monat", sagte ich schließlich nach einiger Überlegung, während ich traurig meine teuren Einkäufe den Bach hinunterrinnen sah.

„Gut", sagte Michael. „Dann werde ich diese Überweisungen an deinen Vater veranlassen und für dich auch ein Sparkonto anlegen und regelmäßig vom Girokonto auf dieses 400 € überweisen. Wenn ich nächsten Sonntag wieder komme, bringe ich dir die Kreditkarte mit."

Ich fand mich traurig damit ab, dass ich nun eine weitere Woche nicht für mich selbst einkaufen gehen konnte. Bevor ich mich mit dem Essen, das gerade aufgetragen wurde, tröstete, zog ich ein Kuvert heraus und übergab es Michael.

„Wenn du schickst Geld meinem Vater, bitte auch diesen Brief."

Michael musterte den Brief, dann mich, und fragte schließlich. „Darf ich ihn öffnen und lesen?"

„Warum nicht? Das du können ohnehin auch später ohne mein Wissen tun. Bitte aufmachen! Es stehen keine Geheimsachen drinnen."

Michael tat wie geheißen und begann meinen in Rumänisch verfassten Brief laut zu lesen:

Lieber Vater! Liebe Mama!

Ich bin nach einer langen Fahrt gut angekommen. Ich wohne nun in einer superschönen Wohnung in der Innenstadt von Wien. Der alte Mann, den ich pflege, heißt Gabriel. Er ist sehr nett und freundlich und hilft mir, Deutsch zu lernen. Er hat mir schon gesagt, was ich alles zu tun habe. Es ist sehr viel weniger als im Gasthaus. Selbst Freizeit habe ich, um mir Wien anzuschauen. Ich werde euch alsbald davon berichten.

In dankbarer Liebe eure Tochter

Shiva

„Ok", sagte Michael ohne weiteren Kommentar und steckte den Brief samt Umschlag ein. Dann widmeten wir uns dem Essen.

Kap_21 Endlose Diskussionen

Gabriel hatte mich entweder ins Herz geschlossen oder er wollte Michaels Auftrag gewissenhaft nach-gekommen. Wie auch immer. Gabriel sah sich abends im Fernsehen kaum Filme an, sondern rede-te mit mir stundenlang über Gott und die Welt. Und so wuchsen meine Sprachkenntnisse mit atembe-raubender Geschwindigkeit. Bald war es kein Mo-nolog seinerseits mit gelegentlichen Einwürfen meinerseits, sondern zunehmend ein Gespräch, ja eine Diskussion auf Augenhöhe.

Immer wieder erzählte er von seinem schwierigen Start in ein neues Leben, bis ich seinen Lebensweg fast auswendig kannte. Aber vielleicht war mein sprachlicher Fortschritt gerade durch diese ständige Wiederholung besonders gefördert worden.

„Weißt du, Shiva", berichtete er, „damals wohnten wir in Rumänien in einem winzigen Bauernhaus. Ich habe keine Kenntnis darüber, ob das heute noch steht. Du kannst dir wohl gar nicht vorstellen, wie ärmlich wir dort lebten."

„Ich glaube schon", entgegnet ich. „Das Dorf, aus dem ich komme, besteht fast nur aus solchen Häu-sern, die man besser Hütten nennen sollte. Ich selbst wuchs in einem solchen feuchten, aus Feld-steinen errichteten Haus mit Strohdach auf."

„Unser Haus lag am Rand eines deutschen Sied-lungsgebietes. Ich, meine Frau und selbst mein kleiner Sohn Michael konnten uns daher rumänisch wie auch deutsch verständigen. Etwa so, wie du es konntest, als du hier ankamst. Am Rande eines solchen gemischten Siedlungsgebietes war Zweisprachigkeit unumgänglich und selbstverständlich."

„Bei mir war es anders", warf ich zum wiederholten Mal ein. „Ich lernte Deutsch aus dem Fernsehen."

„Das gab es damals bei uns noch nicht, schon gar nicht in meinem Haus. Dafür gab es Menschen, die Deutsch sprachen und von denen man Deutsch lernen konnte. Heute gibt es das nicht mehr. Heute leben nur mehr eine Handvoll deutschstämmige Rumänen in diesen Gebieten, vor allem alte, die nicht mehr den Mut und die Kraft für einen Neuanfang im Westen hatten."

„Obwohl in Rumänien schon früher die Ausreise nicht so restriktiv gehandhabt wurde wie in anderen Staaten in Osteuropa, insbesondere wenn man dem zuständigen Beamten ein wenig Geld zusteckte, kam es nach dem Fall des Eisernen Vorhanges zu einem Massenexodus. Dieser wurde noch befeuert durch die deutsche Regierung, die in einer Art von Rückholaktion die Ausreise von Rumänen aus den ehemaligen deutschen Siedlungsinseln mit allerlei Hilfen unterstützte. Deutschland brauchte Arbeitskräfte, vor allem solche, die billig waren und kulturell passten, weil sie schon Deutsch sprachen und ebenfalls dem christlichen Weltbild entsprachen."

„So kam es, dass auch ich mich mit meiner Familie auf den Weg nach Deutschland machte, wo ich eine Anstellung als Bauarbeiter fand, die wirklich gut bezahlt war."

„Das war bei mir nicht anders als bei dir, Gabriel. Auch ich wohnte ärmlichst in einer feuchten, schäbigen Hütte, auch ich bin in den Westen gezogen und habe nun bei dir eine sehr gut bezahlte Stelle. Wie sich doch die Dinge gleichen."

„Nicht ganz, meine liebe Shiva. Du lebst hier nun in einem eigenen Zimmer in einer schmucken Wohnung, die alles bietet, was man sich nur wünschen kann. Bad und WC innen, große Räume mit Ausblick auf einen der schönsten Plätze Wiens ..."

„... und eine kunstvolle Uhr, vor der täglich riesige Menschenmengen stehen, um sie zu bewundern."

„ ... die im Winter warm und im Sommer kühl ist, in der es eine eigene Küche, fließendes kaltes und warmes Wasser, Telefon sowie einen Fernseher und einen Computer gibt."

„... den ich noch nie benutzen durfte."

„Wir", setzte Gabriel fort, ohne auf meine unterschwellig vorgetragene Bitte einzugehen, „wir hingegen wohnten damals zu dritt in einer kleinen Kellerwohnung, die nicht mehr umfasste als ein großes Zimmer mit Ausblick auf die Waden vorübergehender Menschen, ein Kabinett und einen großen Vorraum, der auch als Küche und Badezimmer genutzt wurde. Am Gang gab es nur ein einziges WC, das wir uns mit zwei anderen Familien teilen mussten."

„Damals genügte es nicht, Asyl zu schreien, und schon bekommt man Unterkunft, Gewand, Verpflegung, ärztliche Versorgung und Taschengeld. Damals mussten wir für all das schuften. Und ich schuftete und schuftete von Montag bis Samstag auf den vielen Baustellen des Arbeitgebers – und am Sonntag dann auf der eigenen Baustelle. Wir hatten uns am Stadtrand ein kleines Grundstück gekauft und bauten dort in Eigenregie ein kleines Haus. Von wegen klein: schon ein wenig größer als die Kellerwohnung."

„Der Preis für die vielen Jahre schwerer körperlicher Arbeit war hoch. Ich war knapp über 60 Jahre alt, da machte meine Wirbelsäule nicht mehr mit. Seither sitze ich im Rollstuhl. Deswegen verkauften wir das Haus und folgten Michael hierher nach Wien, wo wir diese Wohnung erwarben."

„Auf der einen Seite war die Frührente gut, weil ich endlich Zeit hatte, mich weiterzubilden. So wie du habe ich nur Volksschulbildung, hatte aber immer den unbändigen Wunsch, mein Wissen zu erweitern, mehr über Gott und die Welt zu erfahren."

„Auf der anderen Seite war die Frührente schlecht, vor allem für meine Frau, die mich betreuen musste. Das war keine leichte Arbeit. Damals wog ich noch 85 kg und der Rollstuhl war rein mechanisch. Mich zu heben und ihn zu schieben war für meine

Frau eine elendigliche Plackerei, insbesondere, weil ja auch sie nicht mehr die Jüngste war."

„Da habe ich es heute viel leichter."

„Stimmt", pflichtete mir Gabriel bei. „Aber das ist eben der gesellschaftliche Fortschritt und der wirtschaftliche Aufschwung, den wir durch mehrere Jahrzehnte erlebt haben, und der nun durch die Asylkrise in Gefahr ist."

„Aber wieso denn", widersprach ich Gabriel zum x-ten Mal heftig. „Die Flüchtlinge wollen so wie du und nun auch ich auch nur ein besseres Leben. Oder willst du mich auch nicht hier haben?"

„Kindchen", entgegnete Gabriel ebenso heftig zum x-ten Mal, „wie oft soll ich es dir noch erklären? Natürlich will ich dich hier haben. Mehr noch, ich bin sehr froh, dass DU es geworden bist und nicht die Frau, die uns ursprünglich empfohlen worden war. Aber du siehst mit deiner jugendlichen Unerfahrenheit das Problem viel zu naiv."

„Sehe ich nicht", trotzte ich auch diesmal, wohl wissend, was nun an Argumenten kommen würde.

„Schau sie dir doch an, die Leute, die da kommen."

„Das sind nicht Leute, das sind Menschen."

„Ok. Eine Menge von Menschen bezeichnet man im Deutschen aber nun einmal als ‚Leute'. Das ist nicht abfällig und nicht böse gemeint."

„Von manchen doch", beharrte ich.

„Mag sein. Aber das ist in der politischen Ausein-
andersetzung auch nichts Neues, ja hat Methode.
Denke etwa an die vielen Grenzüberschreitungen,
die es zuletzt gab, erlaubte und unerlaubte!"

Bei Erwähnung von ‚Grenzüberschreitungen' kam
mir sofort wieder jener Tag in den Sinn, an dem ich
mehrere Grenzen überschritten hatte, in geographi-
scher wie auch sittlicher Hinsicht. Alle diese Über-
tritte waren aber nicht verboten worden – weder
durch die Grenzbeamten noch durch Michael bei
unserer kurzen Rast in der Einöde.

„Ich stelle mir einmal vor, dass DU eine der ‚Refu-
gees-Welcome'-Schreierinnen bist. Wenn du im
Zusammenhang mit den Grenzübertritten etwa
durchsetzt, dass die Medien alle aus Afrika Ankom-
menden als ‚Flüchtlinge' bezeichnen und an der
Grenze willkommen heißen, obwohl dies durch die
Flüchtlingskonvention und Regelung über sichere
Drittstaaten zumeist nicht gedeckt ist, hast du im
Boxring der Politik schon einen Punkt gewonnen."

„Wenn du sogar aktiv oder durch Unterlassung mit-
hilfst, dass diese Menschen unbehindert die Grenze
passieren können, setzt du Fakten, die nicht so
leicht wieder aus der Welt geschaffen werden können. Indem du diese Menschen als ‚Flüchtlinge' be-
zeichnest, erklärst – treffender: verklärst – du dein
Tun als im Sinne der Humanität und europäischen
Werte für nötig, für richtig, ja für alternativlos. Damit lenkst du davon ab, dass du selbst in Missach-

tung der Flüchtlingskonvention und Drittstaatenregelung einen Rechtsbruch begingst, für den du eigentlich abzustrafen wärst."

„Jedenfalls hast du damit dein Ziel durchgesetzt, all diese Menschen ins Land zu bringen. Wenn du dann noch erreichst, die Behörden, die den Asylstatus zuerkennen oder verweigern, unter moralischen und juristischen Druck zu setzen, hast du gewonnen. So funktioniert Politik. Politik dient eben immer dazu Interessen durchzusetzen, möglichst die eigenen."

Gabriel machte erschöpft eine kurze Pause, bevor er weiter über sein Lieblingsthema sprach.

„Du hast damit aber nicht nur kurzfristig dein Ziel durchgesetzt, sondern auch langfristig im Krieg der Worte und politischen Meinungen deine Front weiter nach vorne geschoben. Du hast den politischen Gegner in eine bestimmte Ecke des politischen Boxringes geschoben, ihn eingeengt und in die Defensive gedrängt. Nun ist er es, der seine Meinung, dass Gesetze und internationale Verpflichtungen einzuhalten wären und nicht nach Gutdünken unter Berufung auf irgendwelche höheren Werte uminterpretiert oder einfach missachtet werden dürfen, gegen die geballte Macht der Medien verteidigen muss. Dass genau die Werte, auf die sich die ‚Refugees-Welcome'-Schreier berufen, die Grundlage sind, auf denen diese internationalen Regelungen aufbauen und dass diese auf mehr oder weniger demokratischem Weg ausgehandelt und beschlossen wurden, zählt nicht. Jetzt zählen nur die Interessen derjenigen, die all das missachten wollen."

„Besonders wichtig ist die Einsicht, dass du dein Monopol auf die Interpretation bestimmter Begriffe ausschließlich in der von dir gewünschten Art abgesichert oder sogar erweitert hast. Wie wir gerade sehen können, hat das weitreichende Konsequenzen, juristische wie ökonomische."

„Als ‚Nicht-Flüchtling' erhältst du beim unerlaubten Grenzübertritt eine Strafe, zumeist eine Geldstrafe, als ‚Flüchtling' eine Belohnung, zumeist in Form von Unterkunft, Verpflegung, ärztlicher Versorgung usw. Das kostet alles Geld. Einmal zahlt der Grenzüberschreiter an den Staat, das andere Mal zahlt der Staat an den Grenzüberschreiter. Mit der Manipulation eines einzigen Begriffs kann man die Richtung des Geldflusses und die juristische Beurteilung des faktisch gleichen Sachverhalts umdrehen. Ist doch praktisch, oder?"

„Ich werde, liebe Shiva, die langfristigen Folgen dieser Politik nicht mehr erleben, du aber schon. Ich hoffe, du erinnerst dich dann an meine Worte."

Ich nickte, weniger störrisch als bisher. Offenbar höhlt der stete Tropfen doch den Stein. Jetzt, nach vielen ähnlichen Diskussionen, hatte sich meine Meinung zu dem Thema in kleinen Schritten verändert. Um bei der aktuellen Sprechweise zu bleiben: Zunehmend sah ich Populismus und Gewalt immer weniger ausschließlich bei denen, die sich gegen die ungehemmte Einwanderung aussprachen, sondern zunehmend auch mehr bei denen, die diese befürworteten und diese auch faktisch durchgesetzt hatten. Aber meine und Gabriels Meinung würden die Welt nicht zurückdrehen können.

„Ist dir zudem aufgefallen", setze Gabriel nach einer kurzen Pause fort, „dass nicht nur der Geldfluss umgedreht wird, sondern auch eine Umkehr der Begründungspflicht stattfindet. Dazu ein anderes Beispiel: Nicht diejenigen, die vor Jahren das Wort ‚Schwarze' als einzig sittlich anständige Bezeichnung für ‚Neger' forderten, mussten erklären, wieso das nun besser sein soll als die bisherige Bezeichnung ‚Neger'. Nein, man fordert das von denjenigen, die das Wort ‚Neger' wie seit Jahrhunderten üblich – zumeist wohl ohne alle Hintergedanken – verwenden. Dabei ist unbestreitbar, dass es viele Varianten an Dunkelhäutigkeit gibt, von tiefschwarz bis zu einem hellen Braun. Sie alle als ‚Schwarze' zu bezeichnen, ist nicht nur physikalisch gesehen völlig falsch, sondern auch unlogisch. Aber der von einigen Fortschrittsgeistern angeführte Mainstream verhält sich so wie die Leute in dem zu Recht berühmten Märchen ‚Des Königs neue Kleider'. Sie WOLLEN die Realität nicht sehen."

„Aber wir werden doch auch als ‚Weiße' bezeichnet, obgleich wir physikalisch gesehen noch weniger weiß sind wie die ‚Schwarzen' schwarz."

„Du hast recht und das zeigt, wie absurd die Diskussion eigentlich war und ist. Denn das Wort ‚Neger' leitet sich vom lateinischen Wort ‚nigra' ab, was ohnehin schwarz bedeutet. Was also soll dieses Herumstreiten um Begriffe anderes sein als das, was ich eingangs schon sagte: Ein Krieg der Worte um Worte zwecks Niedermachung politischer Konkurrenten und Durchsetzung eigener Interessen?"

„Das kenne ich", konnte ich endlich auch etwas ganz Neues in die sich sonst weitgehend wiederholende Diskussion einbringen. „Ich bin eine Zigeunerin. Meine Eltern – und nicht nur die – sind stolz darauf und verstehen nicht, warum das Wort Zigeuner nunmehr in Rumänien auf Betreiben irgendwelcher Zentralräte in der EU verpönt und durch Roma zu ersetzen sei. Weil Roma besser zum Staatsnamen Romania passt? Mag sein. Aber er verleugnet die historischen Wurzeln nach Indien. Angeblich wurde das bei einer Konferenz in London beschlossen. Wer die Leute sind und wer sie autorisiert hat dorthin zufahren und diesen Beschluss zu fassen, konnten mir meine Eltern nicht sagen."

„Das ist genauso wie heute", schlug Gabriel in die gleiche Kerbe. „Auch heute stilisieren sich irgendwelche Leute selbst oder mithilfe der Medien zu Experten, autorisieren sich selbst ohne demokratische Legitimation dazu, über die politische Korrektheit von Begriffen und Namen zu bestimmen und schwafeln gleichzeitig von Demokratie."

„Nimm etwa den ebenfalls politisch inkorrekten Begriff ‚Nafri' her. Ich mag ihn auch nicht. Aber nicht, weil ich diese Abkürzung für Nordafrikaner als abwertend empfinde, sondern weil er schlichtweg unzutreffend ist. Die meisten Personen, die man so bezeichnet, stammen eben meist nicht aus Nordafrika, sondern aus Ländern südlich der Sahara oder aus Ostafrika. Sie setzen nur von Nordafrika nach Europa über, womit wir wieder beim Thema ‚Flüchtlinge' wären. Zwei Gruppen helfen ihnen dabei: Die einen, die sie über mehrere Ländergrenzen oder ins offene Meer hinaus schleppen, um damit viel Geld zu verdienen. Die anderen, die sie aus Flüchtlingslagern am Balkan holen oder aus dem Meer fischen und nach Europa schleppen, um sich ihr Seelenheil zu verdienen – nebst viel Geld! Egal, auf welche religiösen, politischen oder philosophischen Werke sich Letztere berufen: sie sind wie die Erstgenannten am Endergebnis gemessen Schlepper, die vom Leid anderer profitieren."

„Aber doch Schlepper in ein besseres Leben, oder? Michael hat mich ja auch über mehrere Grenzen hierher geschleppt. Wo ist der große Unterschied?"

„Darin, dass das legal passierte. Dass WIR wollten, dass du und nur du hierherkommst, dass WIR für dich sorgen und schauen, dass du Fuß fasst. WIR tragen individuell die Verantwortung und die Kosten und verpflichten nicht die Allgemeinheit dazu, für dich aufzukommen."

„Aber haben wir nicht auch für all die armen Menschen dort Verantwortung?", verteidigte ich zum x-ten Mal meinen Standpunkt, wenn auch zunehmend schwächer.

„Eine schwierige Frage, meine liebe Shiva. Bis wohin reicht Verantwortung? Versuche dir einmal selbst diese Frage zu beantworten, und zwar auf mehreren Ebenen. Es gibt eine individuelle und eine gesellschaftliche Verantwortung, wenn man von der Ethik, Philosophie oder Religion ausgeht. Man kann aber auch nach Örtlichkeit vorgehen. Das reicht dann von der unmittelbaren individuellen lokalen Betroffenheit über Gemeinden, Regionen, Staaten und Kontinenten bis hin zum Globus. Und zwar in beiden Richtungen. Verantwortung für sich selbst und für andere. Das ist eine schwierige Abwägung, die oft bis an die Höchstgerichte herangetragen wird."

„Und, wie du mir schon hundert Mal erzählt hast, je nach Gesellschaft und Zeit höchst unterschiedlich entschieden wurde und wird", versuchte ich einerseits zu beweisen, dass ich zuhörte, andererseits darauf hinzuweisen, dass ich all das nicht zum ersten Mal hörte.

„Gut. Dann will ich heute ein neues, anschauliches, praktisches, dich unmittelbar betreffendes Beispiel geben", antworte Gabriel. „Angenommen, ich falle jetzt bewusstlos aus dem Rollstuhl. Wer aller hat hier Verantwortung?"

„Ich will es dir sagen", fuhr er fort, ohne auf eine Antwort meinerseits zu warten. „Deuten wir einmal das Wort Verantwortung im Sinne von ‚schuld sein'. Wem kann man für die Bewusstlosigkeit die Schuld geben? Dem Gehirn, das mich bewusstlos werden ließ? Oder dem Herzen, das mit seiner schlechten Pumpleistung dem Gehirn zu wenig Sauerstoff lieferte? Oder dem Plaque, das meine Herzkranzgefäße so verengt hat, dass die Pumpleistung des Herzens zu niedrig war? Oder dem fetten Essen, das sich als Plaque angelagert hat? Oder meinem Gehirn, das mich zu fette Nahrung essen ließ? Siehst du, was ich meine. Wer in diesem Kreislauf ist nun der wahre Schuldige? Die simple Kausalität des ‚wenn-dann' ist viel zu wenig, um die Realität abzubilden. Alles hängt mit allem zusammen und bildet sich verstärkende und abschwächende Wechselwirkungen und Rückkopplungen."

„Man kann ‚Verantwortung' aber auch anders interpretieren, nämlich im Sinn von ‚kümmern müssen oder sollen'. Hier kommst dann gleich du ins Spiel. DU musst in irgendeiner Weise reagieren. Etwa, indem du meinen Sohn anrufst und fragst, was du nun tun sollst, oder indem du die Rettung verständigst. In beiden Fällen hast du deine durch Anwesenheit gegebene Verantwortung im Sinn von ‚kümmern müssen' wahrgenommen. Genau genommen aber hast du sie jedoch bloß delegiert und dich im Sinne des vorher Gesagten ‚schuldig gemacht'. Denn bis sich Michael meldet oder die Rettung eintrifft, vergeht viel Zeit, wahrscheinlich zu viel Zeit. Vielleicht wäre die richtige Art von Verantwortung-übernehmen gewesen, mich mit Mund-zu-Mund-Beatmung am Leben zu erhalten?"

Bei diesen Worten schmunzelte Gabriel wieder in der mir schon geläufigen unverschämten Art.

„Das hättest du wohl gerne, du alter Lustmolch", sagte ich mit ersichtlich gespielter Entrüstung. „Ist es dir zu wenig, dass ich manchmal im halbdurchsichtigen Nachthemd neben dir sitze? Schäme dich!"

In Wahrheit gab es keinen Grund für Gabriel, sich zu schämen. Ganz im Gegenteil. Denn er war trotz seiner geringen Schulbildung inzwischen ein sehr gebildeter Mann, der eine eigene Meinung abseits vom Mainstream besaß und zu argumentieren wusste. Michael hatte recht. Von seinem Vater konnte ich viel lernen.

Kap_22 In der Tanzschule

Inzwischen waren Wochen ins Land gezogen. Die Sommerferien für die Schulkinder waren vorbei und auch allerhand andere Schulen begannen mit ihrem Programm. Eine dieser Schulen wollte ich nun besuchen, nämlich eine nahe gelegene Tanzschule. Bei einer meiner Ausfahrten mit Gabriel war mir diese Tanzschule ins Auge gesprungen.

Inzwischen hatte ich nach Meinung von Michael und Gabriel ein Sprachniveau erreicht, auf dem ich mit allen Einheimischen kommunizieren konnte. Im schlimmsten Fall würden sie merken, dass ich keine Wienerin bin, weil mir der lokale Akzent fehlt. Denn weder Gabriel noch Michael besaßen ihn. Dafür waren sie zu lange in Deutschland mit dem dortigen Akzent aufgewachsen. Und im Fernsehen, von wo ich den Sprachklang aufsog, bediente man sich des Hochdeutschen, vermied es also möglichst mit irgendeinem Akzent zu sprechen.

An einem Montagabend, als sich Gabriel einen Film ansah, nutze ich die Freizeit um dorthin zu gehen und mich zu erkundigen. Dem noch warmen Wetter geschuldet trug ich ein Kleid, das durchaus apart wirkte.

Mich empfing ein Mann, der sich als einer der Tanzlehrer vorstellte und nach meinem Begehren fragte. „Ich will tanzen lernen", sagte ich, was zwar stimmte, aber nur die halbe Wahrheit war. Noch wichtiger war mir, endlich mit anderen jungen Leuten in Kontakt zu kommen, vielleicht auch einen netten jungen Mann kennenzulernen. Bei den Ausfahrten, die ich mit Gabriel unternahm, kam es naturgemäß nicht dazu.

„Welchen Kurs wollen sie belegen, junge Frau?", wollte der Tanzlehrer genaueres wissen. „Wir bieten viele Kurse an. Ersteinführungskurse für die wichtigsten Tänze wie auch Spezialkurse für diverse Tänze von klassisch bis südamerikanisch. Und das auf verschiedenen Niveaus bis hinauf zu Goldstar. Zudem gibt es geschlossene Gruppenkurse, etwa als Vorbereitung einer Klasse auf den Maturaball ihrer Schule, oder auch offene Kurse, wo jeder und jede teilnehmen kann. Ja sogar Einzelunterricht gibt es für Paare bis hin zu echtem Einzelunterricht, wo ein Tanzlehrer oder eine Tanzlehrerin den fehlenden Partner oder die fehlende Partnerin ersetzt. Wollen Sie allein oder mit Partner kommen?"

Ich war ein wenig erschlagen von der Fülle an Angeboten, die da auf mich herabprasselten. Der Tanzlehrer sah mir meine Hilflosigkeit und Unentschlossenheit an.

„Wissen Sie was, junge Frau. Sie tragen ein durchaus dem Anlass entsprechendes Kleid und Schuhe, mit denen sich tanzen lässt. In wenigen Minuten beginnt ein Grundkurs für Personen ohne eigenen Tanzpartner. Die erste Stunde ist als Schnupperstunde bei uns immer kostenlos. Wenn Sie wollen, können Sie teilnehmen."

„Wie lange dauert diese Schnupperstunde?", wollte ich wissen. Immerhin sollte ich möglichst um 22 Uhr, spätestens um 22:30 wieder daheim sein. „Und muss ich dazu irgendetwas ausfüllen und bezahlen?"

„Im Moment müssen Sie noch nichts ausfüllen und auch noch nichts bezahlen. Die Schnupperstunde dauert eine Stunde, endet also um 21 Uhr."

„Super", antworte ich voll Freude. „Dann bleibe ich da und nehme Ihre freundliche Einladung gleich an."

Leider hielt meine Freude nicht lange an. Es gab sehr viel mehr Mädchen als Burschen, sodass sich zwei Mädchen einen Burschen teilen mussten. Das sei aber nur heute in der Schnupperstunde so, versprach der Tanzlehrer. Er habe eine lange Liste von Burschen und auch Mädchen, die er zur nächsten Tanzstunde herbeischaffen könne. Aber natürlich erst dann, wenn er weiß, wie viele der Mädchen und Burschen sich verbindlich zum Kurs anmelden.

Ich wunderte mich ein wenig. Denn entweder wollten diese Burschen und Mädchen tanzen oder sie wollten es nicht. Dass diese Ersatzpartner nur auf das Versprechen kommen, keine Kursgebühr bezahlen zu müssen, wusste ich natürlich damals nicht. Ich war naiv und unerfahren, wie es in der Welt wirklich zuging.

Die Burschen konnten wir Mädchen uns übrigens nicht aussuchen. Sie wurden uns nach Größe zugewiesen. Verständlich, dass der Tanzlehrer nicht einen Riesen mit einer Zwergin tanzen lassen wollte.

Mir und einem anderen Mädchen, das sich als Eva vorstellte, wurde ein Bursche namens Moritz zugeteilt. Mir gefiel er mit seinen unzähligen Pickeln und seiner dicken Brille gar nicht. Aber was sollte ich tun. Beim nächsten Mal hatte ich dann ja wohl die Möglichkeit der Wahl.

Das bestätigte auch der Tanzlehrer, der natürlich merkte, dass viele mit den zwangsweise zugewiesenen Tanzpartnern keine rechte Freude hatten. Um diese dennoch zu einer fixen Anmeldung zu bewegen, ergänzte er zum Ende der Stunde seine vorherige Ansage: „Übrigens werde ich von meiner Liste mehr Ersatzpartner herbitten, als unbedingt nötig. Eine gewisse Wahlmöglichkeit wird daher für Sie bestehen. Und bitte nehmen Sie nächstes Mal auch weiße Zwirnhandschuhe mit."

Ich hatte inzwischen schon gemerkt, warum er das sagte: wir schwitzten. Nicht wegen der Hitze im Saal – der war klimatisiert – oder wegen der ungewohnten körperlichen Betätigung – wir machten kaum mehr als ein paar langsame Schritte. Nein, es war die Aufregung. Und Moritz schien besonders aufgeregt zu sein.

Trotzdem meldete ich mich verbindlich an. Gabriel würde mir für diese Abende freigeben und sich jeweils einen Film anschauen.

Kap_23 Ausfahrt zum Stephansdom

Aus dem Sommer war nun endgültig Herbst geworden. Während wir im Sommer meist zum nahen Donaukanal hinunterfuhren, wo eine kühle Brise die Hitze der Stadt ein wenig erträglicher machte, fuhren wir nun durch die Altstadt. Gabriels Wohnung lag direkt im historischen Stadtzentrum, nämlich an Wiens ältestem Platz. Hier befand sich vor rund 2000 Jahren das römische Militärlager Vindobona, von dessen Namen sich die heutige Bezeichnung Wien ableitet. Unter diesem Platz kann man in einem Museum noch die Grundmauern und andere Überreste der damals hier stehenden Gebäude besichtigen.

Heute sollte ich Gabriel zum Stephansdom fahren. Eigentlich ist es eine Schande, viele Wochen nur knapp 200 m von diesem weltberühmten Dom entfernt zu wohnen und diesen noch nicht besucht zu haben. Aber ich war und bin trotz Taufe nicht besonders religiös. Ich hatte mir an den sonntäglichen freien Vormittagen lieber die beiden Museen neben dem Maria-Theresien-Denkmal angesehen. Der Grund war der, dass diese leicht zu Fuß erreichbar waren und sonntags kein Eintritt verlangt wurde. Angesichts deren Größe und des Reichtums an Exponaten war ich durch sie viele Sonntage beschäftigt. Für einen Kirchenbesuch blieb da gar keine Zeit. Soviel zu meiner Entschuldigung.

Nach wenigen Minuten erreichten wir den Stephansplatz. Er war vor vielen Jahren zu einer Fußgängerzone umgebaut worden. Die sich unter diesem Platz kreuzenden U-Bahnlinien U1 und U3 spuckten im Minutenabstand hunderte Touristen auf den Platz. Das Gedränge war dementsprechend.

Gabriel stellte sich als geschickter Lenker seines Rollstuhles heraus, wie er sich durch die Menschenmassen schlängelte. Es kam zu keinem einzigen Zusammenstoß – vielleicht auch, weil man Behinderten die Vorfahrt ließ und Platz machte.

Wenig später standen wir im Inneren des Doms, der von innen noch viel größer aussah als von außen. Und das will etwas heißen. Immerhin war der Südturm der Kirche – der spiegelgleich geplante Nordturm war aus Kostengründen nie fertiggestellt worden – einige Jahrzehnte lang der höchste Kirchturm der Welt gewesen.

Anders als in anderen berühmten Kirchen mussten wir keinen Eintritt entrichten, als wir die Kirche durch das Haupttor, das sogenannte Heidentor, betraten. Allerdings mussten wir im hinteren Teil der Kirche bleiben. Im vorderen wurde gerade eine Messe gelesen und Aufseher ließen nur jene Personen durch, die an der Messe teilnehmen wollten.

Gabriel steuerte zielstrebig dorthin, wo in mehreren Blechkästen unzählige Kerzen brannten, was erklärt, warum die Kirche innen teilweise schmutziggrau und verrußt erscheint. Gabriel warf eine Münze in eine Metall-Box, offenbar als Bezahlung für die Kerze, die er daraufhin entnahm, an einer anderen Kerze entzündete und dann im Blechkasten an einem freien Platz stellte.

Ich war verwundert. Denn Gabriel schien mir aufgrund unserer vielen Diskussionen nicht nur ein Kritiker unserer profanen, säkularen Gesellschaft zu sein, sondern auch der Kirche, egal welcher.

„Das hätte ich nicht erwartet", flüsterte ich. „Ich dachte, du hast für die Kirche nicht viel übrig."

„Habe ich auch nicht", erwiderte er ebenso flüsternd. „Aber meine Frau sah das anders. Heute jährt sich ihr Todestag das erste Mal. Und da dachte ich, dass ich das in ihrem Sinn und für sie machen sollte."

Nach einem kurzen schweigenden Gedenken an seine Frau fuhr Gabriel wieder durch das Heidentor hinaus auf den sonnigen Platz davor. Ich trabte folgsam hinterher. Dabei wies Gabriel mit dem Kopf nach rechts, ohne etwas zu sagen. Ich blickte auch dorthin, wusste aber nicht, was er mir Besonderes hatte zeigen wollen.

„Hast du den Bettler gesehen?", fragte er schließlich, nachdem er mein Herumschauen richtig als erfolglos eingeschätzt hatte. „Ich habe dir doch erzählt, dass man die nicht loswird, obwohl man sie immer wieder wegweist."

Nun hatte auch ich ihn entdeckt. Ein Mann in Lumpen ohne Schuhe, unrasiert und dreckig. Wahrscheinlich stank er auch, was ich aber auf die Entfernung nicht bestätigen konnte. Er stand mit gebeugtem Rücken und gesenktem Kopf da und hielt den Vorbeigehenden einen Hut hin in der Hoffnung, dass diese ein paar Münzen hineinwerfen würden.

„Und", setzte Gabriel leise hinzu, „weißt du, woher die zumeist kommen?"

„Nein, wie sollte ich?"

„Aus Rumänien. Ich schäme mich für meine ehemaligen Landsleute. Statt wie ich arbeiten zu gehen, haben sie sich aufs Betteln verlegt."

„Warum ehemaligen?"

„Weil ich inzwischen die deutsche Staatsbürgerschaft habe. Das macht zwar Probleme mit der Steuer und beim Bezug der Sozialleistungen, seit ich bei Michael hier in Österreich wohne. Trotz EU passt noch vieles nicht wirklich zusammen. Das ist übrigens der Grund, warum Michael dich nicht anmelden konnte."

Ich war überrascht. Davon hatte mir bis jetzt niemand etwas gesagt. Gut, ich hatte auch nicht danach gefragt und zudem war ich bei den Wirtsleuten auch nicht angemeldet gewesen, Aber hier, in dieser bürokratisch überorganisierten Welt, war das wohl etwas anderes.

„Und was mache ich", fragte ich Gabriel doch verunsichert, „wenn ich einmal krank bin. Wer bezahlt dann den Arzt?"

„Keine Sorge. Michael regelt das", war Gabriels Antwort. „Er hat ja auch die Pflege für mich seit dem Tod meiner Frau bis zu deiner Ankunft geregelt, und zwar sehr erfolgreich. Du weißt eben noch nicht, wozu Michael alles befähigt ist."

Ich konnte die Doppeldeutigkeit dieser Antwort nicht ahnen, sollte sie aber bald erfahren.

Kap_24 Unliebsame Entdeckungen

Wie vermutet legte mir Gabriel nichts in den Weg, tanzen zu lernen. Und so ging ich eine Woche später zunächst in ein Geschäft, um die geforderten weißen Handschuhe zu kaufen. Sie kosteten 18 €. Ich fand das gegenüber dem, was Handschuhe in Rumänien kosten, teuer. Aber bitte: wir waren in Wien. Ich reichte der Verkäuferin meine Kreditkarte, die hielt sie knapp über das Lesegerät und Augenblicke später wurde die Rechnung ausgedruckt.

Glücklich, dass das so problemlos gegangen war, steuerte ich die Tanzschule an, um dort meine Anmeldung perfekt zu machen. Es wäre eigentlich alles sehr einfach gewesen. Mein Name stand schon auf der Liste und ich brauchte nur mehr den Kursbeitrag von 15 mal 20 €, also 300 €, zu bezahlen. Großspurig reichte ich dem Tanzlehrer meine Kreditkarte, damit er den Betrag abbuchen möge.

Dieser hielt meine Kreditkarte jedoch nicht nur zum Lesegerät, sondern führte sie in das Lesegerät ein. Dann trug er mir auf, meinen Pincode einzutippen.

„Welchen Pincode?", fragte ich. „Ich weiß keinen."

„Den müssen Sie aber wissen", entgegnete er. „Eine so hohe Summe kann man nicht kontaktlos bezahlen. Sorry."

„Und was soll ich nun tun?", fragte ich unglücklich.

„Ich mache Ihnen zuliebe heute eine Ausnahme. Sie dürfen heute teilnehmen, wenn Sie mir versprechen, dass Sie das spätestens bis zur nächsten Stunde klären."

Dankbar betrat ich den Tanzsaal. Und tatsächlich, dort standen heute genügend junge Männer, mehr als es Damen gab. Moritz sah ich nicht, aber er ging mir auch nicht ab.

„Liebe junge Damen! Sie dürfen sich nun einen Partner aussuchen. Bitte nehmen Sie sich nicht einfach den feschesten, sondern suchen Sie sich einen aus, der ein wenig größer ist als Sie. Ich hoffe, das passiert ohne jeden Streit. Wenn doch, bestimme ich, wer mit wem tanzen soll. Im Übrigen wird das nicht ständig Ihr Partner sein. Ich mache es so, dass man mit jedem Erlernen eines neuen Tanzes auch einen neuen Partner wählt oder zugewiesen erhält. Und im Übrigen sind wir bitte ab nun alle per DU."

Gut, dachte ich mir, das DU bricht schon das erste Eis. Dennoch. Wie soll man bei dauerndem Wechsel wirklich in Kontakt kommen und sich einen Freund angeln? Die Konkurrenz war ersichtlich beängstigend groß.

Ich angelte mir einen älteren Burschen mit Schnauzbart von geschätzten 25 Jahren in der Hoffnung, dass dieser erfahren genug wäre, um mich Neuling über die ersten Schwierigkeiten drüberzuheben. Er stellte sich als Erich vor und sagte, dass er Student in den letzten Zügen seines Studiums wäre. Ich stellte mich als Shiva vor, ohne zu sagen, was ich arbeite. Vielleicht hätte er als Hochgebildeter dann von Anfang an kein Interesse an einer Mindergebildeten wie mir gehabt.

„Ein interessanter Name", begann er die Konversation. „Kommst du aus Indien? Dein Name und Teint sprechen dafür."

„Nein", antworte ich knapp. „Aber es ist schön, dass du dich in der indischen Götterwelt offenbar auskennst."

„Oh, du bist eine Göttin? Darf ich dich anbeten?" Dabei faltete er die Hände mit gespreizten Fingern und versuchte damit irgendwie die Gestik einer indischen Tänzerin zu imitieren. Es sah urkomisch aus. Wir mussten beide lachen. Das Eis war gebrochen.

Fast auch mein Bein. Erich tanzte wie erwartet wirklich nicht zum ersten Mal, konnte aber einmal nur mit Mühe meinen Sturz verhindern. Vielleicht sollte man nicht nur beim Skifahren ‚Hals- und Beinbruch' wünschen, sondern auch beim Tanzen.

Insgesamt gesehen war es eine nette Stunde, die viel zu schnell verging. Erich bot sich nicht an mich nach Hause zu begleiten. Einerseits war ich froh, andererseits aber auch enttäuscht. Anbandeln ist offenbar nicht so einfach.

Daheim angekommen fand ich Gabriel wie erwartet vor dem Fernseher und klagte ihm mein Leid:

„Weißt du, was mir heute widerfuhr? Ich konnte die Kursgebühr für die Tanzschule nicht bezahlen, weil ich keinen Pincode kannte. Sehr ärgerlich!"

„Ich werde Michael gleich morgen anrufen und ihn danach fragen. Jetzt ist es wohl zu spät dazu."

Dass dieser Code letztlich auch nicht helfen würde, wusste ich nicht. Aber ich wusste ja so vieles noch nicht.

Tatsächlich gab mir Gabriel am nächsten Tag beim Frühstück einen Zettel mit dem Pincode, einer vierstelligen Zahl. Ich möge mir diese gut einprägen und dann den Zettel vernichten.

So gebrieft ging ich knapp zwei Stunden später im Zuge des Einkaufens frohgemut zur Tanzschule, um meinen Kurs zu bezahlen. Es war diesmal ein anderer Tanzlehrer, der sich meiner annahm, aber die Prozedur war die gleiche. Er steckte die Karte ins Lesegerät und ich gab den Pincode ein.

‚Zahlung verweigert', stand am Display.

„Sie haben offenbar einen falschen Code eingegeben, junge Frau", tröstete mich der Tanzlehrer. „Bitte versuche Sie es noch einmal."

Der Erfolg war der gleiche.

„Wenn Sie jetzt noch einmal einen falschen Code eingeben, wird die Karte überhaupt gesperrt", belehrte mich der Tanzlehrer. „Wollen Sie das riskieren?"

Ich wollte nicht. Ich nahm die Karte wieder an mich und ging verwirrt und voller Ärger unverrichteter Dinge heim.

Daheim machte ich meinem Ärger lauthals Luft. „Die Nummer war falsch!"

„Nein", widersprach Gabriel. „Du hast sie dir nur falsch gemerkt."

„Habe ich nicht", widersprach ich.

„Dann zeig mir den Zettel", schlug Gabriel vor.

„Wie soll ich? Du selbst hast mir eingeschärft, den Zettel zu vernichten. Das habe ich auch gemacht und am Weg zur Tanzschule die Fitzeln in zwei verschiedenen Papierkörben ausgestreut."

„Dann müssen wir wohl nochmals Michael anrufen", schlug Gabriel vor, nahm sein Handy und wählte eine Nummer.

Michael meldete sich tatsächlich. Gabriel reichte mir das Handy.

„Hallo Michael, hier spricht Shiva", meldete ich mich. „Ich bin stinksauer, weil meine Kreditkarte nicht funktioniert. Ich habe heute zweimal den Code eingegeben, den ich via Gabriel von dir erhielt, und jedes Mal wurde die Zahlung verweigert. Kannst du mir nochmals hier am Telefon den Code sagen?"

Michael tat das und bestätigte mir so, dass ich nichts Falsches eingetippt hatte.

„Genau das habe ich getan. Was ist hier los?"

„Wie viel wolltest du denn abbuchen?"

„300 €. Das muss doch gehen. In den mehr als acht Wochen, die ich nun schon hier bin, müssten doch schon 8 mal 400 €, also mehr als 3000 € auf dem Konto liegen."

„Nicht ganz. Du vergißt, liebe Shiva, dass davon für deinen Vater und für dein Sparkonto Geld weggingen."

„Aber nur die Hälfte von dem, was ich verdiene. Warum kann ich auf den Rest nicht zugreifen?"

„Kindchen, weil es bei jedem Konto Limits gibt, bis zu wie viel Euro man pro Vorgang abheben oder abbuchen darf. Lass es mich erklären. Dein Limit bei Abbuchungen ohne Eingabe eines Pincodes ist 25 € pro Zahlung. Das kannst du bis zu fünfmal hintereinander nützen. Dann musst du den Pincode eingeben."

„Warum? Wenn ich mit Gabriels Karte im Supermarkt zahlte, musste ich noch nie einen Pincode eingeben und der Rechnungsbetrag lag meiner Erinnerung auch schon mal über 25 €."

„Das ist auch keine Kreditkarte, sondern eine Kundenkarte, mit der du nur in den Filialen dieser Supermarktkette bezahlen kannst. Für solche Karten gelten andere Regelungen und Limits, welche das Geschäft selbst bestimmen kann."

„Um zu deiner Kreditkarte zurückzukommen: Wenn du den Pincode korrekt eingibst, kannst du mehr abheben. Dafür ist dein Limit pro Vorgang 100 €. Die Zahlung wurde also nicht wegen eines falschen Pincodes, sondern wegen Überschreitung des Limits verweigert."

„Wer hat das Limit so niedrig festgelegt?", fragte ich. „Du oder die Bank?"

„Ich", sagte Michael mit deutlich anderer Stimme als vorher. „Kindchen, euch junge Mädchen muss man davon abhalten, im ersten Überschwang euer Geld gleich beim Fenster hinauszuwerfen."

Ich wusste zwar nicht, von welchen Mädchen er da sprach. Aber ich war baff. Ich hatte viel Geld, aber konnte darauf nicht zugreifen. Von Geld hinauswerfen war wohl bei 300 € keine Rede. Und während ich nachdachte, wie ich dennoch bezahlen könne, stieg in mir ein schrecklicher Verdacht auf. Vielleicht war das Geld gar nicht da. Vielleicht war das Limit bewusst so niedrig gesetzt, damit ich nicht sehen konnte, dass das Geld nicht da ist. In mir reifte ein Entschluss.

„Ich möchte gerne die Auszüge meines Kontos sehen."

„Es ist nicht DEIN Konto, liebe Shiva. Es ist MEIN Konto, auf das ich dir freundlicherweise Zugriff gebe."

„Aber es ist MEIN Geld!"

„Ja und nein. Denn ich verwalte das Geld und bekomme daher die Auszüge zugeschickt. Ich und nur ich." Michaels Stimme war eisig und abweisend geworden.

„Und wie soll ich dann kontrollieren, ob du mein Geld wie vereinbart verwaltest?"

„In dem du mir vertraust, dass ich alles tue, was in deinem Interesse ist", sagte Michael mit ein wenig freundlicherer Stimme. „Aber du kannst ja deinen Vater fragen, ob er Geld überwiesen bekam."

Und das tat ich denn auch, gleich nachdem ich grußlos aufgelegt hatte, mittels folgenden Briefes:.

Lieber Vater!

Eben telefonierte ich mit Michael, dem Mann, der mich nach Wien gebracht hat. Er sollte, so wie bei unserem Gespräch im Wohnwagen vereinbart, an dich Geld überweisen, und zwar 400 € pro Monat. Ich will wissen, ob das Geld bei dir oder eventuell bei den Wirtsleuten tatsächlich angekommen ist. Bitte schreibe mir ehebaldigst zurück!! Zur Sicherheit meine Adresse, falls du das Kuvert weggeworfen hast;

Hoher Markt 1/I/2/III

1010 Wien

Österreich

In Liebe deine

Shiva

Ich sagte Gabriel Bescheid, dass ich noch kurz weggehen müsse, sagte aber nicht, wohin. Mein Ziel war das Postamt, das an einer Ecke des Hohen Marktes liegt.

„Ich möchte diesen Brief aufgeben", sagte ich, „und zwar mit Eilzustellung."

Diesmal funktionierte die kontaktlose Zahlung mit der Kreditkarte. Es war ja nur ein kleiner Betrag, der abgebucht wurde.

Dann nutzte ich den Bankomat vor dem Postamt, um an ein wenig Bargeld zu kommen. Ich wählte 100 € und gab den Pincode ein. Und der Automat spuckte tatsächlich 100 € in kleinen Scheinen aus.

Ich war hoch erfreut und versuchte gleich noch einmal 100 € zu beheben. Diesmal erhielt ich nichts:

‚Zahlung verweigert. Limit erreicht'.

Ich war sauer.

Das gemeinsame Mittagessen am nachfolgenden Sonntag war dementsprechend von einer ausnehmend wortkargen und gereizten Atmosphäre. Ich zog mich so bald wie möglich zurück.

An jedem Morgen der nächsten Tage sah ich brennend vor Ungeduld vor dem Einkauf nach, ob schon Post aus Rumänien gekommen war. Tag für Tag vergeblich.

Am Freitag war es endlich soweit. Ich konnte es schwarz auf weiß lesen.

Liebe Shiva!

Bei uns kam kein Geld an. Ich komme möglichst bald nach Wien, um das zu klären. Wenn ich dort bin und dich nicht antreffe, werfe ich ein Zettelchen in den Postkasten.

In Liebe dein

Vater

Die Würfel waren gefallen. Hier stank offenbar etwas zum Himmel.

Kap_25 Ein Unfall?

Als ich mit diesem Wissen um knapp vor 10 Uhr vom Einkaufen heimkam, baute ich mich vor Gabriel drohend auf:

„Was wird hier eigentlich gespielt, Gabriel?"

„Was meinst du?"

„Ich kann mit der Kreditkarte nicht auf mein Bankkonto zugreifen."

„Kindchen, was ist los? Das mit den Banken ist kompliziert. Aber Michael hat dir doch am Telefon erklärt, wie das geht und was es da für Einschränkungen gibt und Probleme geben kann."

„Bitte nenne mich nicht auch du Kindchen. Inzwischen bin ich volljährig, also eine erwachsene Frau."

„Schön, Shiva. Was also ist dein Problem?"

„Dass Michael lügt."

„Wie kommst du darauf?"

„Tue bitte nicht unschuldig. Du selbst hast mich immer wieder vor dem eigenen Sohn gewarnt, hast gesagt: ‚Warte nur, bis du ihn wirklich kennst' oder ‚Du wirst noch sehen, wozu der alles befähigt ist'. Versuche daher bitte nicht mir weiszumachen, dass du nicht weißt, welches Spiel hier gespielt wird."

Als Gabriel noch immer eine begütigende Unschuldsmiene aufsetzte, wurde ich zornig, richtig zornig.

„Weißt du oder weißt du nicht, dass Michael mich offensichtlich betrügt?", brüllte ich ihn an, trat an ihn heran und trommelte mit meinen kleinen aber festen Fäusten gegen seine Brust. „Ich habe bei meinem Vater nachgefragt, ob er wie vereinbart von Michael Geld bekommen hat. Hat er nicht! Wusstest du das? Steckst auch du mit Michael unter einer Decke? Sag schon, gestehe!" Und wieder trommelte ich mit meinen kleinen Fäusten ein wildes Stakkato auf den Brustkorb des alten Mannes, der nicht einmal seine Hände hob, um sich zu schützen. Ich verstand erst, warum er das nicht tat, als er plötzlich nach vorne vom Rollstuhl kippte.

Plötzlich kam mir wieder die Diskussion mit ihm über Verantwortung in den Sinn, wo er genau so eine Szene als Beispiel gebracht hatte. Spielte er dieses Beispiel nun szenisch nach, um nicht antworten zu müssen? Oder war er wirklich bewusstlos geworden? Mein Ärger war verschwunden und hatte Panik Platz gemacht. Was sollte ich tun? Ich ergriff sein Handgelenk und versuchte den Puls zu fühlen; ich spürte ihn nicht. Ich drehte ihn auf den Rücken und horchte an seinem Brustkorb; ich konnte nichts hören. Weder sein Herz schlagen noch ihn atmen. Was sollte ich nur tun? Was?

Gabriels Handy war beim Sturz aus seiner Tasche gefallen und half mir bei meiner Entscheidung. Ich wusste, dass Gabriel seinen Sohn Michael auf der Taste 2 als Schnellzugriffsnummer gespeichert hatte. Ich drückte die Taste und hoffte, dass sich Michael melden würde.

„Papa, was ist los?", hörte ich Michael sagen.

„Hier ist Shiva", schrie ich in das Telefon. „Dein Vater ist vom Sessel gekippt und liegt hier reglos am Boden? Was soll ich tun?"

„Atmet er? Schlägt sein Herz?"

„Ich glaube nicht. Aber ich bin ja kein Arzt."

„Ich bin ganz in der Nähe. Ich komme gleich. Bitte versuche inzwischen ihn mit Mund-zu-Mund-Beatmung und Herzmassage vor einem allfälligen endgültigen Aus zu bewahren. Bitte!"

Michaels Bitte war so eindringlich, dass ich gehorchte, obwohl es mich eine große Überwindung kostete, meine Lippen auf Gabriels blassen Mund zu pressen, um ihn zu beatmen. Ich wusste nicht, dass man das auch über die Nase hätte tun können. Noch weniger wusste ich, wie und wo man die Herzmassage ansetzen muss. Ich hatte keinerlei Ausbildung in erster Hilfe. Ich wusste nur das, was ich einmal im Fernsehen in einer ähnlichen Szene gesehen hatte. Aber zwischen Anschauen und selber Tun, vor allem es richtig zu tun, ist ein gewaltiger Unterschied.

In den folgenden Minuten, die mir wie eine Ewigkeit vorkamen, versucht ich mein Bestes, um Gabriel am Leben zu erhalten.

Dann stürmte auch schon Michael herein und drängte mich zur Seite. Er fühlte am Hals nach dem Puls, hob die geschlossenen Augenlider und setzte dann das fort, was ich gerade versucht hatte. Nach einigen Minuten richtete er sich auf und sagte: „Es ist zwecklos. Mein Vater ist tot."

Ich meinte, Tränen in seinen Augen zu sehen. Aber ich hatte mich offenbar getäuscht. Denn sein Ton war barsch, als er mir sagte:

„Shiva, du packst jetzt alle deine Sachen in die Schachtel, mit der du herkamst und richtest dein Bett und dein Zimmer so her, dass niemand vermuten könnte, dass du hier lebst."

Ich schaute ihn verständnislos an und fragte: „Wirfst du mich nun einfach auf die Straße?"

„Nein. Das habe ich nicht vor", war seine Antwort.

„Aber wenn du nicht genau das tust, was ich dir jetzt sage, wird genau das passieren. Du trägst dann die Schachtel in den Keller und lässt dich bis 17 Uhr nicht mehr hier blicken. Ich werde inzwischen alles Notwendige – wie etwa die Ausstellung des Totenscheins und Gabriels Abtransport – veranlassen. Dann will ich mit dir besprechen, wie es weitergehen kann."

Kap_26 Absolution

Ich tat, wie befohlen. Die Schachtel war bald gepackt und im Keller verstaut. Dann betrat ich die Straße, auf der die Menschen so wie sonst auch dahin eilten oder träge in den Gastgärten sitzend ein spätes Frühstück zu sich nahmen. Die Welt schien sich nicht verändert zu haben. Doch sie hatte es getan, jedenfalls für mich.

Ziellos lief ich durch die Gassen, die ich in den letzten Wochen gemeinsam mit Gabriel durchstreift hatte und wo er mir zu alten Häusern oder Kirchen so manche interessante Geschichte zu erzählen wusste. Auch das war nun Geschichte. Gabriel war tot.

War ich an seinem Tod schuld? Immerhin starb er, als ich ihn mit meinem Zorn aufregte und auf seine Brust trommelte. Kann man mit solchen Schlägen vielleicht das Herz zum Stillstand bringen? Dann hätte ich ihn getötet, ja ermordet.

Blödsinn, plädierte meine Ratio gegen mein Gewissen. Mord kann es nicht sein, weil keine Tötungsabsicht vorlag. Schlimmstenfalls kann man von Totschlag reden. Aber es war ein Unfall, beruhigte mich mein Verstand immer und immer wieder.

Mir kam wieder die Diskussion mit Gabriel zum Thema Verantwortung in den Sinn. Was hatte er damals gesagt? Neben der Verantwortung im Sinne von ‚schuldig sein‘ gibt es auch die Verantwortung im Sinn von ‚helfen müssen‘. Hatte ich geholfen? Ja. Jedenfalls hatte ich es nach bestem Wissen und Wollen getan. Meine Ratio plädierte daher vor dem Gericht meines Gewissens für Freispruch in allen Anklagepunkten.

Ob Michael das auch so sehen würde, wenn wir am Abend reden? Oder würde er mir Vorwürfe machen? Wohl kaum. Denn er wusste nicht, dass Gabriels Ableben ein Streit vorausging, der ihn vielleicht so aufgeregt hatte, dass sein Herz versagte.

Oder waren meine Faustschläge der Auslöser? Konnte eine Obduktion das feststellen? Nein, da war ich mir ganz sicher. Und wenn man hier blaue Flecken diagnostizieren sollte, würde man diese wohl auf die Herzmassage zurückführen.

Nein. Ich war mir sicher, dass niemand je erfahren würde, dass Gabriels Ableben ein Streit vorausging. Ich werde mich auch hüten, das irgendjemandem zu erzählen. Wozu auch? Ich brauche niemandes Absolution. Die hatte ich mir eben selbst gegeben.

Kap_27 Angst

Michael sah das, als ich um 17 Uhr müde vom ziel-
losen Herumirren wieder heim kam, offenbar er-
freulicherweise genauso. Jedenfalls fragte er nicht
weiter nach den Umständen des Vorfalls, bei dem
sein Vater starb. Es war ihm offenbar klar gewesen,
dass sein 78-jähriger Vater in nicht allzu ferner Zukunft sterben würde. Wahrscheinlich hatte er sich
darüber auch längst Gedanken gemacht. Was er nun
sagte, bestätigte das.

„Shiva", hub er an, „was heute passierte war er-
wartbar. Irgendwann sind wir alle dran, diese Welt
wieder zu verlassen."

„Muss ich sie nun auch verlassen?", wollte ich
gleich zu den für mich wichtigen Fragen kommen.

„Geduld, liebe Shiva", antwortete Michael. „Jedenfalls sicher nicht dorthin, wohin mein Vater seiner
Frau folgte und uns vorausging. Er war kein gläubi-
ger Mensch. Jetzt wird er sehen oder eben auch
nicht sehen, was nach dem Tod kommt, ob es einen
Himmel und eine Hölle gibt, ein Nirwana oder einfach nur das pure Nichts. Aber ich bin nicht in der
Stimmung, so wie Gabriel stundenlang über diese
Frage mit dir zu diskutieren. Ich will dir zuerst berichten und die Situation erklären. Einverstanden?"

Ich nickte. Was sollte ich auch sonst tun.

„Du wirst dich heute gewundert haben, warum ich
dich anwies deine Sachen einzupacken und im Kel-

ler zu verstauen. Die Sache ist die. Für den Staat Österreich gibt es dich gar nicht. Du arbeitest hier ebenso unangemeldet wie früher im Wirtshaus. Mehr noch. Du bist nicht einmal polizeilich gemeldet, obwohl das gesetzlich vorgeschrieben ist."

„Warum?"

„Weil das viele juristische Konsequenzen hat, was ich dir noch im Lauf des Gespräches erklären werde. Im Moment ist es so, dass du für den Staat Österreich gar nicht existierst."

Nach einer Weile setzte er mit dem mir schon bekannten unergründlichen Schmunzeln fort: „Wenn ich dich jetzt umbringen würde und deine Leiche verschwinden lasse, würdest du niemandem abgehen. Niemand würde dich hier vermissen oder suchen."

„Doch", widersprach ich mit plötzlich wild klopfendem Herzen. „Meinem Vater, meiner Mutter und meinem Bruder. Mein Vater kennt die Adresse. Ich habe ihm diese geschrieben."

„Mag sein", wischte Michael meinen Einwand weg. „Aber von mir kennen sie nur meinen Vornamen, der nicht einmal mein richtiger ist."

„Aber wieso? Sogar dein Vater nannte sich so!", widersprach ich nun völlig verwirrt.

„Das war ein Arrangement mit meinem Vater, dessen Grund du vielleicht nach diesem Gespräch verstehen wirst, so du eine der von mir angedachten

Zukunftsvisionen realisieren willst. Glaube mir im Moment einfach: Die Suche deiner Eltern oder deren Anzeige bei der Polizei würde im Sand verlaufen. Glaube mir, ich weiß das."

Jetzt bekam ich langsam richtig Angst. Was sollten diese Andeutungen? Gab es vor mir hier schon eine andere Pflegerin, die er verschwinden ließ? Immerhin musste in dem Jahr seit dem Tod von Gabriels Frau sich hier irgendjemand um Gabriel gekümmert haben. Oder war Gabriels Frau, deren Tod und alles andere auch erstunken und erlogen?

„Willst du mir Angst machen", antworte ich mit einer Stimme, der ich Festigkeit zu geben suchte, obgleich sie mir fast versagte. Michael merkte das natürlich und schüttelte seinen Kopf mit dem für ihn typischen Schmunzeln.

„Wozu sollte ich das?", fragte er zurück.

Ja, was hätte er wirklich davon, fragte ich mich. Man bringt ja Leute nicht ohne Grund um. Oder doch? Im Fernsehen war immer wieder von Lustmördern die Rede, die Menschen – zumeist Frauen – aus purer Lust am Töten umbrachten. War Michael so etwas zuzutrauen?

„Ich weiß es auch nicht. Aber es soll Menschen geben, die andere aus purer Lust am Töten und Quälen umbringen."

Als Michael nicht reagierte, wurde ich mit meiner Frage präziser.

„Wo etwa ist die Pflegerin hingekommen, die deinen Vater vom Tod seiner Frau bis zu meiner Ankunft betreute? Liegt die vielleicht einbetoniert in jener riesigen Kiste im Keller, wo ich heute meine Schachtel abstellte?"

„Das wäre wohl nicht sehr klug, die Leiche da unten aufzubewahren. Da wüsste ich viel bessere Möglichkeiten."

Wieder so eine Andeutung. Mir kroch es immer kälter über den Rücken hinauf. War das Gespräch, das wir gerade führten, nur das Geplänkel, wo sich Michael an meiner unübersehbaren Angst weidete, bevor er mich dann alle machte. Ich stellte mir schon in den grellsten Farben vor, wie er das machen könnte. Würde er eine Pistole zücken und mich einfach abknallen? Nein, das würde Lärm erzeugen und wäre in Sekunden vorbei. Da wäre es schon besser ein Messer aus der Küche zu holen und damit wie unlängst in Marokko mir einfach den Hals durchschneiden und dann den Kopf abzutrennen. Nein, auch das würde einen richtigen Lustmörder wohl nicht befriedigen. Da könnte Michael zwar die Lust am Töten richtig genießen. Aber mein wegspritzendes Blut würde hier eine richtige Sauerei veranstalten. Nein. Wahrscheinlich würde er auf mich einfach zugehen, die Hände zuerst zärtlich um meinen Hals legen und schließlich meine Gurgel langsam und genüsslich immer fester zudrücken, bis ich blau anlief und mir die Augen herausquollen – unbeeindruckt von meinem Strampeln und Treten mit Armen und Beinen.

Meine Phantasien hatten inzwischen einen derartigen Grad an Realität erreicht, dass ich mir aus Angst in die Hose machte.

Michael schreckte mich auf. Er musste das bemerkt haben und sagte, dass ich aufs WC gehen solle, wenn ich müsse.

Eine gute Gelegenheit, dachte ich mir, um zu flüchten. Aber wohin? Vor allem: würde das gelingen? Was hatte Michael beim Leiterwagen damals gesagt: ‚Du brauchst nicht in Panik wegzulaufen. Es würde dir nichts nützen, weil ich recht schnell laufen kann.' Also unterließ ich es, ging aufs WC und zog die nasse Unterhose aus, obwohl ich keine trockene zum Wechseln hatte. Meine Unterhosen lagen gut verpackt im Keller. Notgedrungen ging ich ohne Höschen zurück ins Wohnzimmer, wo Michael geduldig auf mich gewartet hatte.

Das war schon einmal ein gutes Zeichen – und so beruhigte sich mein Herz nach und nach, fiel vom Galopp in den Trab und schließlich in den Schritt. Michael hatte mich die ganze Zeit aufmerksam beobachtet.

„Geht es wieder? Können wir nun vernünftig miteinander reden?"

Er hatte offenbar wirklich die gute Menschenkenntnis, auf die er schon damals im Wirtshaus verwies.

Kap_28 Nachträgliche Erklärung

„Du wolltest wissen, was mit deiner Vorgängerin passierte? Es gab keine! Jedenfalls nicht eine. Und bevor du nun phantasierst, dass ich diese alle beseitigt habe, sei dir gesagt, dass diese alle noch leben. Das musst du mir nicht glauben. Aber ich werde es dir irgendwann beweisen, falls wir hier zu einer Lösung über deine Zukunft kommen."

„Zunächst nochmals dazu, warum ich dich wegschickte. Bei uns ist das so: Wenn man einen häuslichen Todesfall meldet, kommt zumeist auch die Polizei. Das war auch heute so. Ich rief die Rettung, die stellte den Tod fest und meldete dies der Polizei und der Leichenbestattung. Da anders als in Krankenhäusern der Tod meist unerwartet und undokumentiert eintritt, kann man einen gewaltsamen Tod nicht von vornherein ausschließen, sei es durch einen Unfall oder auch durch unabsichtliches oder absichtliches Fremdverschulden, sprich durch eine kriminelle Gewalttat. Daher schaut sich die Polizei um, fragt, wer beim Tod zugegen war, wer in der Wohnung wohnt usw. Ich hatte keinerlei Interesse, dass bei dieser Gelegenheit herauskommt, dass du hier seit vielen Wochen quasi als U-Boot lebst. Deshalb habe ich dich weggeschickt und dich beauftragt alles wegzuräumen, aus dem man auf deine Anwesenheit schließen könnte."

„Und was wäre daran so schrecklich gewesen, mich hier zu finden?"

„Vieles. Ich wäre gestraft worden, und zwar wegen diverser Verstöße gegen Meldepflichten beim polizeilichen Meldeamt, beim Finanzamt und der Sozialversicherung."

„Warum du? Ich habe Gabriel gepflegt und nicht dich. Gabriel war der, der mich hätte anmelden müssen, oder nicht? Er wäre gestraft worden, nicht du. Und weil er tot ist, wäre niemand gestraft worden."

„Kindchen, du siehst das alles sehr naiv."

„Bitte sage nicht Kindchen. Ich bin großjährig!"

„Ich weiß. Und das eröffnet für mich und dich mehr Möglichkeiten, wie du deine Zukunft gestalten kannst."

„Das verstehe ich nicht. Welche Möglichkeiten habe ich denn nun außer die, dass du mir endlich meinen Lohn, auf den ich noch immer nicht zugreifen kann, bis zum letzten Cent auszahlst und ich wieder in meine kleine Welt zurückkehre?"

„Gemach, gemach. Bleiben wir noch bei den Strafen. Als einziger Sohn bin ich der Erbe meines Vaters und muss allfällige Strafen bezahlen. Das heißt nun nicht, dass ich für ihn ins Gefängnis müsste oder die Geldbußen für die unterbliebenen Meldungen bezahlen müsste. Wohl aber müsste ich die Beträge an Sozialversicherung und Lohnsteuer nachzahlen, die er für dich als Arbeitgeber hätte leisten müssen. Das wollte und will ich nicht."

„Gut", sagte ich, „das kann ich verstehen."

„Dazu kommt, dass man dann gefragt hätte, ob du beim Vorfall anwesend warst, ob du rechtzeitig Hilfe geholt hast, kurz: ob du deine Verantwortung als Pflegerin nach bestem Wissen und Gewissen getragen und ausgeübt hast. Möglicherweise wäre der Vorfall wegen unterlassener Hilfeleistung zur Anzeige gekommen und ein übereifriger Staatsanwalt hätte gegen dich bei Gericht ein Verfahren eingeleitet. Wie das ausgegangen wäre, steht völlig in den Sternen. Ich habe in jüngster Zeit genügend absurde Anklagen und Urteile in der Zeitung gelesen, ja selbst erlebt. Hättest du das wollen?"

„Natürlich nicht", sagte ich zunehmend kleinlaut.

„Jedenfalls wäre bei einem solchen Verfahren herausgekommen, dass du gegen das Meldegesetz verstoßen hast. Du, nicht ich! DU bist zur Meldung binnen dreier Tage verpflichtet, nicht ich. Aber auch ich wäre dabei nicht verschont geblieben. Denn ich bin der Wohnungsinhaber."

„Puh, das ist alles sehr kompliziert", sagte ich schon völlig verwirrt.

„Zudem habe ich als Wohnungsinhaber Kosten zu tragen. Bisher habe ich das aus Verpflichtung meinem Vater gegenüber gerne getan. Aber der ist nun tot. gegenüber habe ich keine Verpflichtung. Aber wenn ich nicht aufpasse, habe ich solche Verpflichtungen schneller am Hals als mir lieb ist."

„Das verstehe ich nicht."

„Nun wir haben die absurde Rechtslage, dass man Rechte aus Gewohnheit erwerben kann. Wenn du etwa, um den Weg abzukürzen, über einen Acker gehst, der nicht dir, sondern irgendeinem Bauern gehört, so hast du dir nach 30 Jahren ein Wegerecht durch Gewohnheit mehr oder weniger heimlich erschlichen. Wenn der Bauer nicht durch passende Maßnahmen wie ein Schild ‚Durchgang verboten' oder eine Unterlassungsklage das Trampeln über seinen Acker nachweislich untersagt, ist er letztlich der Dumme."

Ich konnte nur den Kopf schütteln.

„In einer Wohnung ist es mit dem Nutzungsrecht ähnlich. Daher werden Nutzungsverträge abgeschlossen, entweder auf eine bestimmte Zeit oder eine unbestimmte, also praktisch für immer. Bei den befristeten Verträgen muss man als Wohnungseigentümer teuflisch aufpassen, dass nicht aus einem befristeten plötzlich ein unbefristeter Nutzungsvertrag wird. Da genügt es schon, wenn eine Frist um nur einen Tag überschritten wird. Um all das zu regeln, gibt es Gesetzeswerke mit hunderten Seiten, an denen die Regierungen und Juristen fast ständig herumdoktern, sodass sich heute praktisch niemand mehr in der Materie auskennt. Ohne Rechtsanwalt geht hier gar nichts mehr – und selbst deren Einschaltung bietet keine Garantie. Gerichte haben immer wieder Klauseln in Nutzungsverträgen oder diese gleich als Ganzes als unzulässig erklärt. Kannst du dir also vorstellen, wie wir das hier mit dir hätten regeln sollen?"

„Ich sehe, dass dies nicht ganz einfach ist", stimmte ich zu.

„Dabei war es bisher noch einfach, weil das Kabinett als eine Art Dienstzimmer oder Sozialraum gelten konnte, wofür wieder andere Regelungen gelten. Und nun wird es besonders heikel. Lass mich also erklären, welche Möglichkeiten ich für dich und uns sehe."

Kap_29 Michaels Business

„Vielleicht sollten wir besser an den Computer gehen, damit du verstehst, wovon ich spreche", meinte Michael.

Michael setze sich an den Computertisch, der in einer Ecke des Raumes stand, wo man möglichst wenig vom Licht aus den Fenstern gestört wird, und startete ihn. Während der Rechner hochfuhr, winkte mich Michael zu sich. Ich folgte seiner Einladung. Inzwischen hatte ich meine Furcht abgelegt.

Als der Rechner hochgefahren war, klickte Michael auf irgendein färbiges Kästchen, das wie ein zusammengerollter Fuchs aussah. Kurz danach erschien ein neues Bild, das mir Michael als Fenster des sogenannten Browsers Firefox erklärte. Dann zwang er mich völligen Neuling, auf der Tastatur folgendes einzutippen:

www.avramswomb.com

Wieder erschien ein neues Bild. Ich war baff. Das Bild zeigte Michael, lässig an ein Auto gelehnt, das ich – dem Fernsehen sei Dank – als einen Ferrari identifizierte.

„Das bist doch du, oder? Ich dachte, du fährst einen VW-Sharan?"

„Ja, stimmt. Fahre ich auch."

„Wie kannst du dir ein so teures Auto leisten?", war meine nächste Frage.

„Schau auf das Haus, vor dem ich stehe. Wonach sieht es aus?"

„Ich weiß nicht", sagte ich unsicher. „Vielleicht wie ein Hotel?"

„So ähnlich", antwortete Michael. „Zoome ein wenig ins Bild – warte, ich zeige dir, wie das geht – und lies die Neonschrift über dem Eingang!"

Ich tat wie geheißen und las:

Run for fun in avrams womb

Ich sah Michael groß an. „Und was soll das heißen?"

„Ich kann es dir erklären, weil die Idee dazu von mir stammt. Sie leitet sich von meinem Vornamen Avram ab."

„Ich dachte, du heißt Michael. War das gelogen?"

„Nein. Avram ist mein erster Vorname, Michael mein zweiter. Michael gefällt mir besser, weshalb ich ihn überall nenne. Avram, was Abraham bedeutet, klingt mir doch ein wenig zu jüdisch. Ich bin nämlich wie du christlich getauft, wenn auch nicht sehr religiös. Sonst würde ich wohl nicht dieses Etablissement betreiben, in dem du ein Hotel siehst – und was es im Prinzip ja auch ist."

„Was heißt im Prinzip?", fragte ich nach.

„Nun, die Zimmer dieses Hauses werden wie in einem Hotel einzeln für eine Zeit von zumeist einigen Wochen vermietet. Allerdings nicht an irgendwelche Durchreisende, sondern an Prostituierte, die dort auf Kunden warten und deren Wünsche erfüllen. Kurz: Es ist ein Laufhaus."

Ich sah Michael überrascht an.

„Die Neonreklame über der Tür", fuhr er fort, „soll darauf hindeuten. Ich habe sie bewusst für die internationale Klientel in Englisch verfasst. Man könnte sie frei übersetzen mit ‚Laufe, wenn du Spaß haben willst, hinein in Abrahams Schoß.' Ich bin stolz auf meinen Werbespruch. Ich finde ihn gelungen. Du auch?"

„Ja", sagte ich nicht ganz überzeugt. Aber ich wollte ihn nicht kränken. Irgendwie klang der Spruch tatsächlich recht witzig und hatte eine fast lyrische Sprachmelodie.

Und so fragte ich mehr höflich als wirklich interessiert:

„Und wie kamst du auf ihn?"

„Hinter diesem Werbespruch", antwortete Michael, „steckt eine bekannte umgangssprachliche Redewendung, die wiederum jüdischen Ursprungs ist. Mit ‚Abrahams Schoß' bezeichnet man einen Ort der Seligkeit und des Wartens auf Erlösung."

„Ich glaube aber", fuhr Michael fort, „dass die zugehörige Stelle aus dem alten Testament in Wahrheit seinerseits archaischen, vorreligiösen Ursprungs ist und auf die besondere Bedeutung des Schoßes einer Frau hinweist, sei es für den Mann als Ort sexueller Seligkeit und Erlösung, oder für das ungeborene Kind als Ort seliger Geborgenheit und des Wartens auf die Geburt. Kurz: Der Schriftzug soll über das Wort ‚run' darauf hinweisen, dass es sich bei Avrams womb um ein Laufhaus handelt, wo läufige Männer im Schoß der dort arbeitenden Frauen ihre Seligkeit und die Erlösung von ihren sexuellen Spannungen suchen und finden können."

„Habe ich dich richtig verstanden?", fragte ich zur Sicherheit nochmals nach. „Gehört das Laufhaus dir und ist das jenes Business, das du und Gabriel mir bisher verschwiegen habt?"

„Du hast richtig verstanden."

„Ich dachte, du bist verheiratet. Oder war das gelogen? Wenn nein: was sagt deine Frau dazu?"

„Die sitzt in der Rezeption und schaut, dass alles seinen korrekten Gang nimmt."

„Und was machst dann du?"

„Ich schaue", sagte Michael, als wäre dies das Normalste der Welt, „dass wir unsere Zimmer immer mit neuen Frauen füllen."

Wieder spürte ich eine unbestimmte Angst in mir hochkriechen und fragte, um diese erst gar nicht wieder zur Panik werden zu lassen:

„Hast du da auch an mich gedacht?"

„Ja, schon. Wenn du willst, kannst du gerne dort ein Zimmer mieten und in das Geschäft einsteigen."

Mir wurde schlecht. Ich, die unerfahrene Jungfrau sollte dort arbeiten?

„Bitte sag das nochmals. Ich kann das nicht glauben."

„Warum nicht? Dort verdienst du an einem Tag locker das, was du von mir in einer Woche bekommen hast."

Mir wurde schwummerlich, aber meine Neugier war erwacht.

„Und was muss ich dafür machen?"

„Zum Beispiel das, was du mir ohne Bezahlung bei einem Zwischenstopp auf der Fahrt machtest. Bei einem anderen Mann schmeckt das nicht anders. Du kannst ja dabei an mich denken. Umgekehrt musst du nichts tun, was du nicht willst. Wenn ihr euch über Preis und Leistung nicht einig werdet, dann passiert eben nichts. Es ist ein Geschäft wie jedes andere, wo gehandelt wird."

„Wenn jemand einen Teppich haben will", fuhr Michael fort, „muss er dafür zahlen. Je schöner der Teppich, umso mehr. Da wird gefeilscht. Wenn man sich nicht einig wird, verlässt der Kunde eben wieder das Geschäft ohne gekauft zu haben. Das ist bei uns nicht anders als beim Teppichhändler. Nur dass im Notfall meine Frau einschreitet, falls es zu einem Streit kommt, etwa wenn der Kunde nachher behauptet, nicht das bekommen zu haben, was ausgehandelt war."

„Kommt das vor?"

„Ja, das kommt vor, aber nicht oft. Erst ein einziges Mal in vielen Jahren mussten wir die Polizei rufen, um einen rabiaten Kunden abführen zu lassen. Aber das passiert wirklich ganz selten. Unsere Kunden sind vornehmlich verheiratete Männer, die aus gutem Grund jedes Aufsehen vermeiden wollen, selbst wenn sie vielleicht recht haben mit ihrer Beschwerde."

„Warum gehen sie dann überhaupt dorthin?", fragte ich.

„Mein Gott, bist du naiv", stellte Michael fest. „Noch viel mehr, als ich dachte. Weil die Männer Abwechslung vom eintönigen immer gleichen

Blümchensex im Ehebett haben wollen. Oder weil die Ehefrauen manche Sexualpraktiken verweigern, auf die Männer besonders stehen. Etwa auf Oralverkehr."

„Was ist daran so schrecklich?", fragte ich zurück. „Mir hat es bei dir sogar Spaß gemacht, ja noch mehr, mich richtig aufgegeilt."

„Erinnere dich an all das, was wir auf der Fahrt von Rumänien hierher diskutiert haben. Die Welt des Sex ist bunt und blüht in immer neuen, noch dekatenteren Formen. Manchmal kommen zwei Freunde her, um mit einer meiner Damen einen Flotten Dreier zu spielen. Du weißt, was das ist?"

„Ich weiß es nicht, aber ich vermute, dass meine Vorstellung die richtige ist."

„Schön. Und was sagt dir dann ein Flotter Vierer'?"

„Nun, ich denke, dass dann Schluss ist. Mehr geht wirklich nicht. Mehr Öffnungen als drei hat die Frau nicht, wo sich Männer gleichzeitig vergnügen können."

„Du täuscht dich. Offenbar hast du vergessen, was ich dir am Weg hierher über die indische Liebeskunst erzählt habe. Auf Reliefs in Indien kannst du sehen, dass die Frau ja auch noch ihre beiden Hände benützen kann, um Männern dienlich zu sein. Dann ist aber wohl wirklich aus biologischen Gründen Schluss – jedenfalls mit der gleichzeitigen Befriedigung mehrerer Männer. Danach kann man nur mehr sequentiell Wünsche erfüllen, also einen Mann nach dem anderen. Das ist der Normalfall in der Arbeit der Frauen. Einer kommt, geht, der nächste kommt, geht, usw."

„Wie viele Freier muss die Frau auf diese Weise bedienen?"

„Du hörst nicht zu, liebe Shiva. Das liegt an der Frau. Wir haben und nehmen darauf keinen Einfluss. Die Dame arbeitet selbständig wie ein Teppichhändler. Hat sie einmal einen besonders zahlungskräftigen Kunden, dann könnte sie nach ihm für diesen Tag ihr Geschäft schließen. Sie kann aber auch, wenn sie gerade dringend viel Geld braucht, ihr Geschäft viele Stunden geöffnet halten. Sie regelt das Angebot selbst und allein."

„Andererseits hängt ihr tägliches Arbeitspensum von der Nachfrage ab. Die schwankt je nach Jahreszeit und Tageszeit. Viele Ehemänner kommen während ihrer Arbeitszeit, damit ihre Frauen keinen Verdacht schöpfen. Andere kommen nach einem anstrengenden Arbeitstag, um sich zu entspannen oder entspannen zu lassen. Wieder andere sind Nachtschwärmer. Ich kann es dir wirklich nicht sagen. Meine Frau könnte das besser, weil sie an der Rezeption sitzt. Meiner Schätzung nach hat eine Frau normalerweise zwischen fünf bis maximal zehn Kunden am Tag. Ich habe das eben im Kopf aus ihrem Einkommen zurückgerechnet."

„Wie hoch ist dieses Einkommen?"

„Hab ich dir auch schon gesagt, Shiva. Bitte pass auf! In unserem Haus – woanders mag es anders sein – schätze ich pro Tag etwa 400 €, und zwar netto. Für das Zimmer muss uns die Dame pro Tag 100 € zahlen. Das ist das, was wir verdienen und wovon meine Frau und ich leben und das Haus erhalten. Vom Liebeslohn erhalten wir nichts. Der muss ungefähr 500 € pro Arbeitstag betragen, damit sich das rechnerisch ausgeht. Je nach Art und Dauer des Dienstes hat der Kunde zwischen 50 bis 300 Euro zu bezahlen. Wir haben wie beim Frisör eine Preisliste, an denen sich die Kunden orientieren können. Aber anders als beim Frisör sind das keine Fixpreise. Wie dort gibt es natürlich auch Zusatzleistungen, die nicht auf der Liste stehen und die individuell ausgehandelt werden."

Ich war geschockt. Nur zu gut konnte ich mir die Szenen dieser Arbeit in allen Einzelheiten ausmalen, aber nicht, dass ich sie tue, dass ich in rascher Folge einen Mann nach dem anderen bediene oder gar gleichzeitig mehrere Männer in mich eindringen lasse. Nein. Mit mir nicht.

Michael konnte, wie schon so oft, offenbar meine Gedanken lesen:

„Ich sehe, dass du geschockt bist und zu dieser Art von Arbeit nicht bereit bist, jedenfalls noch nicht. Ich habe dich auch so eingeschätzt. Und obwohl du rein rechtlich bei mir hier in Wien – in anderen Bundesländern ist das teilweise anders – dieser Arbeit offiziell nachgehen könntest, weil du bereits über 18 Jahre alt bist, habe ich eine andere Idee."

„Lass hören", sagte ich, froh, dass ich nicht nur zwischen der Arbeit im Laufhaus und der Heimfahrt nach Rumänien wählen konnte.

Kap_30 Prostitution

„Ich lasse den Computer noch laufen. Wir werden ihn vielleicht noch brauchen", sagte Michael.

„Bitte", sagte ich höflich, obgleich ich nicht wusste, wozu.

„Ich habe dir schon gesagt, das es meine Aufgabe ist, neue Mädchen herbeizuschaffen. Denn viele Kunden wollen Abwechslung. Das wissen auch unsere Frauen und wandern teilweise von selbst von einem Laufhaus zum nächsten, wo sie sich für einige Zeit einmieten. Allerdings werden sie nach einigen Jahren für die Kunden meist uninteressant. Die wollen frisches, junges Fleisch. Und da komme ich ins Spiel. Ich muss Mädchen dazu überreden, in das Geschäft einzusteigen."

„Wirklich nur überreden?", warf ich ein. „Oder nicht doch mit Drohungen bis hin zur tatsächlichen Anwendung von körperlicher Gewalt?"

„Ja, so wird es häufig dargestellt. Aber wie alles in den Medien ist es ein verzerrtes Bild."

„Nun, zunächst leugne ich nicht", setzte Michael fort, „dass es das auch gibt. Aber wenn ich meine Frauen anschaue, so tun sie das nicht, weil ich oder sonst wer sie dazu zwingen, sondern um Geld zu verdienen – viel Geld, vermeintlich leicht verdientes Geld. Das ist es jedoch nicht! Es bedarf sicher einiger Überwindung, irgendwelche fremden Männer selbst zu berühren oder sich von diesen berühren, abzugreifen und diese in sich eindringen zu lassen. Aber wie alles im Leben ist es irgendwann eine Frage der Gewöhnung. Nach dem 50ten Kunden kommt dir das genauso normal vor wie dich beim Walzertanz von einem wildfremden Mann umarmen zu lassen oder beim Tango dessen Knie zwischen deinen Oberschenkeln Platz zu machen. Auch hier lässt du Männer in deine Intimsphäre eindringen. Genau das macht die Erotik aus!"

„Deswegen galten diese Tänze ja auch als unanständig und waren lange auf Betreiben der Kirche verboten", zeigte ich, was ich in der Tanzschule schon gelernt hatte.

„Ja, die gleiche Kirche, die selbst den Sex in der Ehe verteufelte, wenn er der Lust und nicht nur der Fortpflanzung diente, die gleiche Kirche, die Homosexualität als Sünde brandmarkte, obwohl viele ihrer Priester in dieser Weise sündigten und sündigen, die gleiche Kirche, die nicht wenige Frauen, die den hohen Herrn nicht zu Willen waren, als Hexen bezeichnete und zum Scheiterhaufen führte.

Mir kommt das Kotzen, wenn ich daran denke und auch daran, mit welcher Verlogenheit auch heute argumentiert wird."

„Was meinst du damit?"

„Nimm die Leute her, die Etablissements wie meines als Sündenpfuhl bezeichnen, der trockengelegt gehört. Was werfen sie mir und anderen Betreibern vor? Nun zum Beispiel, dass wir Frauen dazu zwingen, sich zu prostituieren. Sie sagen aber nicht, welche Art von Zwang sie meinen. Wenn sie jene brutale körperliche Gewalt bis hin zur Ermordung meinen, mit denen man früher Sklaven in die Bergwerke und auf die Plantagen trieb, bin ich bei ihnen. Aber das ist eben viel zu kurz gedacht."

„Denn", setzte Michael nach einer Kunstpause fort, um das Folgende zu betonen, „wir alle prostituieren uns – und zwar täglich. Kaum jemand geht freiwillig zur Arbeit. Er macht dies, weil jemand anders eine bestimmte Arbeit gemacht haben will, und denjenigen, der sie tut, dafür bezahlt. Das ist das Wesen von Prostitution. Das Wort stammt vom lateinischen Verb prostituere ab, was preisgeben, sich für etwas hergeben bedeutet. Insofern ist die Einschränkung auf Sexarbeit künstlich und zu eng. Ein Bauarbeiter prostituiert sich auf der Baustelle ebenso für den Bauherren wie dies ein Lehrer in der Klasse für den Schulbetreiber oder eine Krankenschwester im Krankenhaus für dessen Betreiber tut. Alle setzen andere Teile ihres Körpers und andere spezifische Fähigkeiten und Kenntnisse dazu ein, um die gewünschte Leistung zu erbringen. Grob gesagt: der Bauarbeiter seine Kraft, der Lehrer sein Wissen und die Krankenschwester ihr Mitgefühl. Keine dieser Arbeiten ist auf Dauer lustig und ungefährlich und ohne Folgen für die physische und psychische Gesundheit derjenigen, die diese Arbeiten ausführen. Die zahllosen anerkannten Berufskrankheiten belegen dies."

„Nur bei den sogenannten Prostituierten", fuhr Michael fort, „sieht man das anders – will man es anders sehen. Weshalb? Es liegt daran, dass wir Menschen zwar vernunft-begabt sind, aber nicht vernünftig. Unser ‚Bauchhirn' entscheidet, was wir wollen, und unser ‚Verstand' begründet das dann logisch mit Zahlen und Fakten und allerhand anderen Argumenten. Zumindest versucht er das."

„Aber", entgegnete ich und fand mich plötzlich mit Michael in einer Diskussion wieder, wie ich sie oft und gerne mit Gabriel geführt hatte, „es ist doch ein Faktum, dass Prostituierte häufig rauschgiftsüchtig sind, um den Stress und die Ekeligkeit ihres Berufes ertragen zu können."

„Langsam, langsam, liebe Shiva. Bitte ein Faktum nach dem anderen, ohne diese gleich kausal zu verketten. Du wiederholst nämlich eines der häufigsten Argumente, warum man die Prostitution verbieten sollte, nämlich die Rauschgiftsucht. Aber das ist unehrlich. Ich bin, auch wenn ich keine validen

Zahlen nennen kann, aufgrund von Zeitungsberichten überzeugt, dass der Anteil der Rauschgiftsüchtigen in der Pop&Rock-Musikszene nicht weniger hoch ist als unter Prostituierten. Wer sagt bei den Musikern, dass diese rauschgiftsüchtig sind, UM die Anforderungen ertragen zu können. Niemand. Bei den Prostituierten postuliert man diese Kausalität, die man den Musikern nicht unterstellt. Wer fordert analog, diese Art von Musik-Betrieb deshalb einzustellen? Niemand. Im Gegenteil. Diese Musiker werden fast wie Götter angebetet und als Vorbilder gepriesen. Richtig?"

Ich nickte.

„Hingegen wird auf Prostituierte heruntergeschaut, sie werden durch immer neue Gesetze in der Berufsausübung behindert und gesellschaftlich geächtet. Es gab einmal Zeiten, wo Prostituierte hochgeachtet waren, wo es zum guten Ton gehörte, sich diese ins Bett zu holen oder ganz offiziell als Mätressen zu halten. Natürlich nur für die hohen Herren in der Politik und in der Kirche, die über Macht und Geld verfügten. Geld, Macht und Sex gehörten als Dreigestirn menschlicher Gier schon immer zusammen. Damals wie heute. Die #MeToo-Bewegung gibt darüber täglich Zeugnis."

„Ich kann dir folgen, lieber Michael. Aber machst du nicht gerade das, was du eben kritisiertest? Du verteidigst mit deinem Verstand das, was dein Bauch will. Schließlich geht es um dein Business!"

„Natürlich. Aber wie soll ich sonst meine Interessen verteidigen als auf diesem Weg, eigene Argumente fremden Argumenten gegenüberzustellen? Nehmen wir dein Argument der Ekeligkeit. Ist es wirklich ekeliger, das saubere Glied eines Mannes anzugreifen und zu massieren als seine Arme oder seinen Rücken, oder gar seinen angeschissenen Arsch zu reinigen? Oder ist es nicht noch ekeliger, in eine verstopfte Klomuschel mit der Hand hineinzugreifen, um sie wieder frei zu kriegen?"

„Dabei trägt man aber normalerweise Gummi- oder Latex-Handschuhe, oder?"

„Mag sein. Aber danke für das Stichwort. Ich weiß, es ist etwas an den Haaren herbeigezogen: aber erst in der Überspitzung sieht man, wie sehr man sonst mit Scheuklappen sieht und argumentiert. Nehmen wir etwa den üblichen Geschlechtsverkehr, den die Prostituierten in Zeiten von HIV etc, normalerweise mit einem Präservativ aus Latex durchführen. Und nun vergleiche: So wie oben die Putzfrau oder Pflegerin durch Latex geschützt ist und mit der ekeligen Sache gar nicht unmittelbar in Berührung kommt, so kommt die Prostituierte mit dem Phallus des Kunden auch nicht unmittelbar in Berührung."

„Das ist aber wirklich sehr weit hergeholt", wandte ich impulsiv ohne viel Nachzudenken ein. Zu ungewöhnlich war diese Sichtweise.

„Mag sein", kalmierte Michael meinen Gefühlsausbruch. „Denke darüber nach, wenn du das nächste

Mal mit der Hand ein verstopftes Klo wieder flott kriegen willst!"

Kap_31 Zukunftsperspektiven

„Um aber nun zu dir zu kommen. Ich glaube, dass du nicht oder jedenfalls noch nicht für diesen Job in meinem Etablissement bereit bist, obwohl du das vorgeschriebene Mindestalter hättest. Und weil ich an dir wirklich einen Narren gefressen habe, habe ich eine andere Idee."

Ich sah ihn neugierig an.

„Dazu muss ich dir zunächst ein paar Fragen stellen und Bedingungen abklären, um die wir nicht herumkommen."

„Zunächst: Willst du wieder zurück nach Rumänien? Dann gebe ich dir alles Geld, das du bisher verdient hast, abzüglich dem, das ich schon an deinen Vater geschickt habe."

„Du hast aber nichts an meinen Vater geschickt", entgegnete ich wütend. „Ich weiß es, weil ich meinen Vater einen Brief schickte und nachfragte."

„Dann lügt er", sagte Michael ganz ruhig.

„Ich glaube dir nicht. Denn auf mein Konto konnte ich auch nicht richtig zugreifen."

„Das habe ich dir schon erklärt. Ok, es war vielleicht falsch, das nicht mit dir zu besprechen. Aber schau: Ich hatte schon viele junge Mädchen, die sich, als ich ihnen die Verdienstmöglichkeiten in meinem Business nannte, gleich auf Pump allerhand unnötiges Zeug kauften. Seither verhindere ich bewusst, dass sie sich in Schulden stürzen. Andere Betreiber von Puffs, die nicht selbständige Prostituierte betreuen, sondern ihren Harem zusammenhalten wollen, sehen das anders. Denen war es nur recht, wenn die Mädchen Schulden machten. So begaben sich diese in völlige finanzielle Abhängigkeit vom Puffbetreiber und wurden erpressbar. Diese Art der Prostitution finde ich verwerflich. Nur leider schmeißt man Betreiber wie mich mit den eben geschilderten in einen Topf. Um es auf den Punkt zu bringen: Ich habe von deinem Geld keinen Cent veruntreut. Schon der von dir im Telefonat anklingende Verdacht machte mich damals wütend."

„Ich weiß", sagte ich. „Mit so eisiger Stimme habe ich dich vorher nie reden hören."

„Lassen wir das Reden und gehen wir zu den Fakten." Michael kramte in seiner Tasche und beförderte einige Zettel ans Tageslicht.

„So, das sind die Auszüge des Kontos, das ich auf meinem Namen für dich angelegt habe. Wie ich dir schon sagte. Du hättest das gar nicht können, weil du nicht angemeldet warst. Banken lassen die Daten, die du ihnen gibst, etwa Wohnsitz, monatliches Einkommen usw. von darauf spezialisierten Firmen prüfen. Du und deine Anstellung hier wäre dabei aufgeflogen. Hättest du das wollen?"

Plötzlich fühlte ich mich ganz schlecht dabei, Michael nicht vertraut zu haben. Eigentlich wollte ich die Auszüge gar nicht mehr sehen. Aber Michael bestand darauf. Und tatsächlich. Da war zweimal Geld weggegangen, und zwar an eine Firma Western Union.

„Wer ist das, Western Union?", fragte ich Michael. „Und warum wurden mehr als die vereinbarten 400 € abgebucht?"

„Deine Fragen beweisen, warum es besser war, dass ich dein Geld verwaltet habe. Western Union ist eine Firma, mit der man weltweit Geld transferieren kann, auch dorthin, wo es keine Banken gibt. Bei dir im Ort gibt es keine, weshalb ich nicht von Bank zu Bank überweisen konnte, sondern die teurere Art des Geldtransports durch die Firma Western Union in Anspruch nehmen musste. Die hat für ihre Dienste Spesen verrechnet, was erklärt, warum mehr als 400 € abgebucht wurden."

„Warum hat dann mein Vater kein Geld erhalten? Warum sollte er mich anlügen?", fragte ich trotzig.

„Ich weiß es nicht. Es könnte daran liegen, dass ich an die Wirtsleute überwies, bei denen du gearbeitet hast, mit der Bitte, das Geld deinem Vater auszuhändigen. Von denen hatte ich die für die Überweisung nötigen Daten, von deinem Vater nicht."

Ich wurde nachdenklich. War es möglich, dass die Wirtsleute das Geld nicht weitergegeben oder es sogar veruntreut hatten? Ich traute es ihnen ebenso wenig zu wie meinem Vater eine Lüge. Oder war das Geld vom Boten der Firma Western Union veruntreut worden? Ich wusste es nicht, aber wollte es natürlich wissen. Noch mehr wollte ich allerdings endlich wissen, welchen Vorschlag Michael mir machen wollte. Doch der ließ sich Zeit.

Kap_32 Pflegekräfte

„Vielleicht sollte ich, bevor ich zu meinem Vorschlag komme, dir noch erzählen, warum ich nach Rumänien fuhr. Mein Vater und ich kamen zu der Einsicht, dass es so nicht weiterging. Nach dem Tod meiner Mutter, die Vater bis zuletzt aufopfernd gepflegt hatte, suchten wir Ersatz. Vater konnte sein Leben nicht allein schaffen. Alle inländischen Frauen, die wir anstellten, entsprachen nicht unseren Vorstellungen oder wir nicht den ihren. Nach einer Probezeit von einem Monat trennten wir uns von ihnen. Oder die Frauen taten das von sich aus, weil ihnen die Arbeit zu schwer oder zu schlecht bezahlt war für das, was sie alles tun mussten."

„Wirklich?", war meine naive Frage. „Das, was zu tun war, war wirklich nicht zu viel verlangt. Gabriel war zudem jemand, der kaum wirklich Hilfe brauchte. Obwohl er an den Rollstuhl gefesselt war,

war er nie grantig oder ließ fühlen, dass er sich nicht mehr als vollwertiger Mann fühlte. Wenn man sich an seine Vorgaben hielt, war er gut gelaunt und freundlich. Wenn nicht, war er es nicht – aber zu recht. Er war der Chef. Er war oben licht und unten dicht, wie man so schön sagt. Daher brauchte man keine Windel wechseln oder andere weniger angenehme bis ekeligen Arbeiten erledigen, von denen du eben sprachst. Nichts von dem, was ich an der Grenze von den Pflegerinnen hörte, traf auf ihn zu. Kurz: Man konnte sich wirklich nicht beklagen."

„Sagst du, liebe Shiva", ergänzte Michael. „Die inländischen Frauen sahen das anders. Besonders problematisch war, dass diese dann mit Vertretern aus der Arbeiterkammer antanzten und unter Berufung auf irgendwelche arbeitsrechtlichen Vorschriften noch Geld forderten. Auf Anraten meines Rechtsanwaltes zahlten wir. Er meinte, dass die Sozialgerichte meist gegen die Arbeitgeber entscheiden und dass ich mit meinem Business keine schlechte Presse brauchen könne."

„Daraufhin beschlossen mein Vater und ich, uns statt einer Inländerin eine Frau aus dem Ausland als Pflegerin zu holen. Da mein Vater und ich Rumänisch sprechen, dachten wir naturgemäß vor allem an eine Frau aus Rumänien, notfalls einem anderen Oststaat. Viele der Frauen, die in meinem Laufhaus arbeiten, kommen aus den Oststaaten, wo übrigens oft – wie in Rumänien – Sexarbeit verboten ist. Ich fragte sie, ob sie mir jemanden empfehlen können. Aber zunächst erhielten wir keine Hinweise."

„Daraufhin fragte ich, ob nicht eine von ihnen wieder in ihren alten Beruf zurückkehren will. Nicht wenige von ihnen waren früher als Pflegerin oder Krankenschwester tätig gewesen. Im Zuge dieser Tätigkeit hatten sie die natürliche Scheu, Menschen auch an intimen Stellen anzugreifen, abgelegt und damit eine der Hürden zu ihrem heutigen Beruf genommen."

„Meine naive Frage, ob nicht eine von ihnen meinen Vater pflegen wolle, empfanden die einen als Scherz, die anderen als Zumutung. ‚Meinen Sie wirklich, dass ich nun für ein Viertel des Lohnes arbeiten gehe?' Ich konnte sie gut verstehen."

„Natürlich hätten wir uns nun an eine Agentur wenden können, hatten aber Angst, damit wieder in die Mühlen der Bürokratie zu kommen. Schließlich erhielt ich einen Tipp, der mich veranlasste nach Rumänien zu reisen. Ab dann kennst du ja die Geschichte."

„Nicht ganz", war meine Antwort. „Warum bist du nicht mit dem Ferrari gefahren?"

„Kindchen, du bist noch so schön naiv. Das hatte mehrere Gründe:"

„Erstens wäre es nicht ganz unwahrscheinlich gewesen, dass ich eines schönen Morgens meinen Ferrari nicht mehr dort vorfinden würde, wo ich ihn am Abend zuvor geparkt habe. Das war mir zu gefährlich."

„Zweitens würde die Dame, die mir empfohlen worden war, möglicherweise meinen, ich schwimme in Geld und ihre Gehaltsforderung unangemessen hinaufschrauben."

„Drittens könnte ihre Familie aufgrund des teuren Wagens in mir einen Zuhälter vermuten, der nicht eine Pflegerin sucht, sondern eine Frau, die er zur Nutte machen kann."

„Ja", bestätigte ich. „Meine Familie und insbesondere ich hätten wohl auch so gedacht. Im Übrigen wäre das auch nicht falsch gewesen, oder?"

„Doch", widersprach Michael mit ungewohnter Heftigkeit. „Ich lasse mich nicht von den Damen aushalten oder zwinge sie zu gewissen Tätigkeiten. Ich bin kein Zuhälter, kein Lude. Ich betreibe ein Hotel, dessen Räume ich tageweise vermiete."

„Und wie verträgt sich das damit, dass du nach eigenen Worten immer wieder in die Oststaaten fährst, um frisches Fleisch zu besorgen?"

„Ja, das war frivol gemeint und damit ein wenig missverständlich ausgedrückt. Lass es mich nun so sagen: Ich suche für mich nach Kunden, nach Frauen, die sich in meinem Hotel einmieten wollen. Was die Damen dann in den Räumen tun, ist einzig und allein deren Sache. Das klingt doch schon ganz anders, oder?"

„Stimmt", gab ich ihm recht. „Das klingt ganz anders, obwohl es an der Sache selbst nichts ändert. Aber du bist talentiert. Du hättest statt Hotelier auch Politiker werden können!"

Michael schmunzelte in seiner unnachahmlichen Art.

„Aber du spannst mich nun schon zu lange auf die Folter. Könntest du mir nun bitte endlich sagen, welche Zukunftsperspektive für uns noch durch deinen Kopf ging", wurde ich ungeduldig.

Kap_33 Das Amulett

„Auf die Idee hat mich das Ding gebracht, das du ständig um den Hals trägst. Warum tust du das?"

„Weil es mein Taufgeschenk ist", antwortete ich. „Das habe ich dir doch schon erklärt."

„Das hast du. Aber viel wichtiger war der zweite Teil deiner Erklärung: dass es das Symbol einer indischen Gottheit ist."

„Richtig. Das der Gottheit Shiva, nach der ich benannt wurde."

„Ich habe mich im Internet ein wenig schlau gemacht und gesehen, dass diese Gottheit viel mit Sex zu tun hat, also mit meinem Business."

„Eben widersprachst du mir und sagtest, du wärst bloß ein Hotelier."

„Was willst du nun? Willst du weiter mit mir über das Sexbusiness und die verlogene Haltung unserer Gesellschaft dazu reden, oder doch über eine Zukunftsperspektive für dich und mich?"

„Wieso für dich? Ich dachte, es geht um meine Zukunft."

„Ja, in erster Linie. Mich betrifft sie hinsichtlich dieser Wohnung. Sie macht mir Monat für Monat Kosten und ich muss mir als Geschäftsmann daher Gedanken machen, wie ich sie nach Gabriels Tod nutze."

„Kann ich nicht einfach hier weiter wohnen bleiben? Natürlich würde ich die Kosten tragen."

„Welche? Die für Wasser, Strom und Heizung?"

„Ja. Das wäre doch ein faires Angebot, oder?"

„Kindchen, du bist wirklich naiv. Nein, das wäre kein faires Angebot. Denn damit zahlst du nur für die laufenden Betriebskosten, aber nicht für die Kosten, die zur Errichtung dieser Wohnung aufgewendet wurden. Und die gingen in die hunderttausende Euro. Um dieses investierte Geld wieder hereinzubringen, verlangt der Wohnungseigentümer zu Recht vom Wohnungsnutzer ein Nutzungsentgelt, Miete genannt."

„Schön. Dann werde ich dir halt auch Miete bezahlen. Ich habe ja in den letzten Wochen brav gearbeitet und von meinem Lohn fast nichts ausgegeben, sieht man von meiner missglückten Zahlung an meinen Vater ab. Das wird wohl so lange reichen, bis ich eine andere Arbeit gefunden habe."

„Kindchen, du bist nicht nur naiv, sondern du kannst auch nicht rechnen."

„Wieso", antwortete ich trotzig. „Du weißt, dass ich arbeitsam bin. Und wenn ich so wie jetzt 1600 € im Monat verdiene, müsste sich das doch ausgehen."

„Ja, wenn du wieder als 24-Stunden-Pflegerin tätig wirst und am neuen Arbeitsplatz so wie hier kostenlos Verpflegung und Quartier bekommst, würde sich das ausgehen. Aber übrig bleiben würde für dich nichts. Kein Geld an deinen Vater, kein Geld aufs Sparkonto für später. Die Gesamtkosten für die Nutzung dieser Wohnung würden dein Einkommen zur Gänze auffressen."

„Du könntest sie mir doch auch billiger vermieten, lieber Michael", schaltete ich den Honigtopf in meiner Stimme dazu.

„Warum sollte ich?", antwortete Michael ebenso honigsüß. „Ich bin Geschäftsmann. Diese Wohnung hat eine hervorragende Lage und eine noble Adresse, wie es für die Reputation etwa eines Anwalts oder einer internationalen Firma wichtig ist. Ich könnte von denen für die Nutzung dieser Wohnung gut und gern 2000 € im Monat verlangen und würde sie auch erhalten."

Als ich sehr enttäuscht schaute, setzte Michael hinzu: „Aber wozu, liebe Shiva, würdest du die Wohnung überhaupt brauchen, wenn du ohnehin als Pflegerin bei deinem Kunden leben würdest?"

„Weil ich in einem Fall wie jetzt, wo mein Pflegling stirbt, oder im Fall meiner Kündigung auf der Straße stehen würde, so wie der Bettler, den mir dein Vater am Stephansplatz zeigte. Vielleicht finde ich auch keinen 24-Stunden-Pflegejob mehr, sondern nur eine stundenweise Arbeit, wo ich dann eine eigene Wohnung brauche. Ebenso, wenn ich in einem anderen Business arbeite, etwa als Putzfrau, als Serviererin oder als Gärtnerin."

„Ich weiß, dass du das alles kannst und zu höchster Zufriedenheit machen würdest. Ich habe es mit eigenen Augen gesehen. Aber, liebe Shiva, du bist naiv. Du hast keine Zeugnisse, keine Berufsabschlüsse, die du vorweisen kannst. Hier bei uns ist alles bürokratisiert. Hier geht nichts ohne irgendwelchen Papierkram. Möglicherweise wirst du ohne Zeugnisse angestellt, aber zu welchen elendiglichen Bedingungen. Dann verdienst du im Monat das, was meine Damen in zwei Tagen verdienen. Auch die haben vielfach keine Zeugnisse und entschieden sich, statt zu Hungerbedingungen Tellerwäscherin oder Putzfrau mit durchaus auch ekeligen Arbeitsbedingungen zu werden, lieber sehr viel besser bezahlt den ekeligen Job einer Hure auszuüben."

„Ist das dein Vorschlag?", sagte ich verwirrt, ja enttäuscht. „Ich dachte, du hättest einen besseren."

„Stimmt. Und der nützt uns beiden. Du zahlst mir eine angemessene Miete dafür, dass du hier wohnen darfst. Wie im Laufhaus kannst du dann hier tun und lassen, was du willst."

„Und was soll das sein? Komm bitte endlich zur Sache."

„Weißt, du, was eine Tantra-Massage ist?"

„Nein."

„Das dachte ich mir. Ich habe vorhin den Computer laufen lassen, damit du dich darüber schlau machst. Komm mit! Ich werde dir zeigen, wie man mit dem Computer Informationen suchen kann."

Sekunden später saßen wir vor dem Computer und ich musste den Suchbegriff Tantra eingeben. Augenblicklich erschien eine lange Liste von Treffern. Michael hieß mich, mit der Maus auf eine dieser Zeilen zu klicken, und schon erschien ein neues Fenster. Ich stieß einen Ruf der Überraschung aus. Mein Amulett war hier abgebildet. Sehr viel größer, umrahmt mit bunten Blumen, stand es wie eine Bodenvase in einem Zimmer, das sonst nur noch ein riesiges Bett enthielt. Ohne jedes Zutun startet in einem kleinen Fenster ein kurzer Film, der eine nach indischer Art gekleidete und geschminkte Frau zeigte, die auf das Bett wies und sagte:

‚Willst du in die Geheimnisse indischer Liebeskunst eingeführt werden? Dann komm und genieße meine Tantra-Massage. Diese dauert zwei oder auf

Wunsch auch mehr Stunden. Um dich nicht warten zu lassen, bitte ich dich unter der Nummer anzumelden, die du weiter unten ebenso wie die Preise für diesen exklusiven Service findest.'

„Die sieht aber nicht aus wie eine gebürtige Inderin", stellte ich trocken fest. „Zudem weiß ich noch immer nicht, was eine Tantra-Massage ist."

„Gemach, liebe Shiva. Bitte geh jetzt noch zur Preisliste!"

Ich tat und war überrascht. „Die will für zwei Stunden 300 €. Das für eine einfache Massage! Die ist verrückt. Wer bezahlt soviel für eine Massage?"

„Viele, sehr viele!", war Michaels Antwort. „Dieser Service wird gerade stark nachgefragt, sodass hiesige Frauen, die keine Inderinnen sind und eigentlich nichts von der indischen Liebeskunst verstehen, diesen Service anbieten."

„Worin besteht diese Liebeskunst? Etwa im selben, was die Frauen in deinem Hotel anbieten, nur unter einem anderen Namen?"

„Ja und nein. Ich, der ich ja auch kein Kenner der indischen Liebeskunst bin, sehe darin eine Verquickung von Gesprächstherapie und einer speziellen Form langsamer, sanfter, erotischer Ganzkörpermassage. Diese widmet sich bewusst ALLEN erogenen Zonen des Kunden oder der Kundin, also auch den Geschlechtsteilen. Die Erreichung höchsten erotischen Vergnügens bis hin zum Orgasmus wird angestrebt, kann aber auf Wunsch der Kundschaft bewusst lange hinausgezögert werden oder unterbleiben. Was jedenfalls bei dieser Art von Liebesspiel strikt untersagt ist, ist die sexuelle Vereinigung in Form eines Koitus. Auch über die Massage hinausgehende Formen der sexuellen Entspannung und Befriedigung wie Oralsex sind normalerweise verpönt und daher nicht inkludiert, können aber vielfach als Extraleistung dazugebucht werden."

„Und warum hast du da besonders an mich gedacht?"

„Erstens, weil du mir bewiesen hast, dass du sehr talentiert bist, die zuletzt genannte Extraleistung zu erbringen. Zweitens, weil du bei dieser Praxis deine Jungfräulichkeit bewahren könntest, die nach deiner Erzählung bei euch Zigeunern hoch im Kurs steht. Drittens, weil du den Teint einer Inderin hast und diese daher sehr viel besser spielen könntest als eine der hiesigen Frauen. Viertens, weil dein Name und dein Amulett den Kunden Glauben machen, wirklich fachfraulich in die indische Liebeskunst eingeführt zu werden."

„Aber ich verstehe rein gar nichts von der indischen Liebeskunst?"

„Das eint dich mit vielen, die diesen Service aktuell anbieten. Die schwafeln vielfach auch nur irgendwelches Zeug, ohne sich wirklich in der indischen Mythologie auszukennen. Sie vollführen wie viele Kirchenbesucher Rituale, ohne den Sinn dahinter zu verstehen. Die einen zünden Kerzen an, die anderen eben Räucherstäbchen. Die einen lesen aus der Bibel, der Thora oder was auch immer vor, die anderen aus dem Kamasutra. Dieses Brimborium wirst du wohl auch zusammenbringen, oder?"

Ich saß da und überlegte. Irgendwie war mir unwohl bei dem Gedanken, hier in diesem Raum demnächst einen Mann liegen zu haben und stundenlang mit ihm zu reden, während ich zärtlich seine Brust, seinen Bauch und immer wieder auch seinen Schwanz massiere, bis ich ihn schließlich bis zum Höhepunkt bringe. Aber mindestens ebenso unwohl war mir bei dem Gedanken, morgen auf der Straße zu stehen und nicht zu wissen, wo ich schlafen und was ich essen werde. Noch unwohler war mir dabei, meine Schachtel aus dem Keller zu holen und wieder in meine kleine Welt zurückzukehren. Nur eines wusste ich. In Michaels Laufhaus würde ich nicht als Hure arbeiten. Meine Jungfräulichkeit wollte ich unbedingt bewahren. Schließlich hoffte ich, irgendwann, wenn ich genug Geld verdient hatte, einen netten Mann zu finden und mit ihm Kinder zu haben und eine Familie zu gründen. Aber das war Zukunftsmusik. Im Moment kannte ich keinen solchen Mann. Außer mit dem unmöglichen Moritz und dem möglichen Erich hatte ich noch keine potentiellen Ehemänner kennengelernt.

„Übrigens", setze ich meine Überlegungen in eine Frage an Michael um, „wie soll ich Männer kennenlernen, die sich so einen Service wünschen und dafür viel Geld zahlen?"

„Ja, da hast du ein Problem angesprochen, über das ich auch schon nachdachte", antwortete Michael. „Man könnte eine Annonce in der Zeitung aufgeben. Aber das amortisiert sich für dich nicht. Außerdem könnte es passieren, dass dadurch eines schönen Tages die Polizei vor der Tür steht. Sehr schnell könntest du eine Anzeige wegen unerlaubter Wohnungsprostitution am Hals haben. Glaube mir als Betreiber eines Laufhauses: die Rechtslage ist hier sehr schwierig und ändert sich ständig unter dem Druck irgendwelcher Vereine, die gegen die Prostitution und für das vermeintliche Wohl der Frauen auf die Barrikaden steigen."

„Letztens haben sie in Deutschland erreicht, dass Frauen, die in Laufhäusern arbeiten, in den von ihnen gemieteten Zimmern nicht auch wohnen dürfen. Man zwingt sie, sich irgendwo zusätzlich ein Zimmer zu mieten oder ins Hotel zu gehen. Man bürdet ihnen unnötige Kosten für diese zusätzliche Wohnstätte wie auch für die Fahrt zwischen Arbeitsplatz und Wohnung auf. Dass sie daher noch mehr Sexarbeit leisten müssen, um diese zusätzlichen Kosten tragen zu können, wurde nicht bedacht oder ignoriert. Damit nicht genug, gibt es in der Nacht meist keine öffentlichen Verkehrsmittel, die sie benützen könnten. Mit anderen Worten. Man macht alles nur Erdenkliche, um die Frauen in ihrer

Berufsausübung zu behindern und den Beruf madig zu machen."

„In Schweden, dem ehemaligen Vorzeigeland für freie Liebe und Sex, versucht man nun etwa durch neue Gesetze die Kunden der Prostituierten zu kriminalisieren. Und nicht nur das, ja sogar den Geschlechtsverkehr an sich. Wenn du dort mit einer Frau, ich meine nun nicht eine Nutte, Geschlechtsverkehr hast, brauchst du deren ausdrückliches Einverständnis. Wie du dieses bei einer späteren Anzeige durch sie beweisen sollst, bleibt offen. Das Verfahren gegen den Wiki-Leaks-Gründer Assange zeigt, wohin das führen kann – wobei nicht ausgeschlossen werden kann, dass diese Anzeigen Teil einer Operation des US-Geheimdienstes waren. Aber wer weiß, was an diesen Dolchstoßlegenden dran ist. Ich weiß es nicht."

„Was ich weiß, ist, dass man bald zur eigenen Sicherheit vor Anzeigen wegen Vergewaltigung einen Notariatsvertrag über die Einvernehmlichkeit des Geschlechtsverkehrs errichten muss, und zwar vor jedem einzelnen Akt. Denn andere Urteile zeigen, dass es keine generelle Zustimmung zum Geschlechtsverkehr gibt. Nicht einmal die Ehe als ein auf unbestimmte Zeit abgeschlossener, quasi ewig gültiger Vertrag, gibt dir ein dauerhaftes Zugriffsrecht auf deinen Geschlechtspartner. Wohlgemerkt, dauerhaftes, nicht dauerndes Recht auf Sex mit deinem Partner. Hältst du das auch für absurd?"

Ich nickte instinktiv, obwohl ich mich mit dieser Frage noch nie ernsthaft auseinandergesetzt hatte. Für mich schien es selbstverständlich, dass Sex zur Ehe dazugehört. Michael klärte mich auf, dass dem nicht so ist.

„In unseren Gesetzbüchern steht entgegen der jahrtausende alten Gepflogenheit tatsächlich nichts drinnen über das Recht auf Sex in der Ehe, dafür aber die Beistandspflicht, also der wirtschaftliche Rechtsanspruch, dich vom Partner lebenslang erhalten zu lassen."

Der sonst so ruhige Michael hatte sich in Rage geredet. „Was mich besonders ärgert, ist die Blindheit derer, die das alles fordern. Sie zerstören nicht nur mein Business, das aus meiner Sicht ein notwendiges Überdruck-Ventil für den uns nun einmal in die Wiege gelegten Sexualtrieb ist, nein, es zerstört auch die Ehe als Institution und letztlich damit unsere Gesellschaft. Oft kommen die Forderungen von den gleichen Gruppen, die junge Frauen als Flüchtlinge über die Grenze schleusen und sich dann wundern, wenn diese notgedrungen in der Prostitution landen. Dabei erlauben die Gesetze diesen Frauen gar keine andere Beschäftigung."

„Irgendwie passt das alles nicht zusammen. Wir leben leider in einer Umbruchzeit fokussierter Unvernunft und Verlogenheit, wo sich alle Werte, Strukturen, Bindungen auflösen. Aber lass uns das leidige Thema beenden. Lass uns zur Frage zurückkehren, wie du zu Kunden kommst. Ich hätte da zwei Ideen."

„Und die wären?", fragte ich interessiert.

„Du wirst Mitglied in einigen Foren im Internet, wo es um Partnersuche geht. Die organisieren dann Datings. Da gibt es seriöse, wo es wirklich um die Suche nach einem Partner für ein gemeinsames Leben geht. Die sind meist kostenpflichtig. Und dann gibt es die weniger seriösen, wo es mehr um die Suche nach einem Partner für das gemeinsame Bett geht. Die sind vielfach kostenlos."

„Aber da entstehen doch Kosten. Wer trägt die?"

„Professionelle Seitenbetreiber. Sie finanzieren sich über Werbung. Hersteller und Verleiher von Sexfilmen ebenso wie Betreiber von Clubs oder Laufhäusern wie ich zahlen dafür, dort zu werben und so an Kunden oder frisches Fleisch für ihr Business zu kommen."

„Neben diesen Foren kannst du sogar auf Internetseiten für Studenten und Studentinnen unter dem Stichwort ‚Escort-Dienste' fündig werden."

„Und was machen diese Dienste?"

„Nun, wie der Name schon sagt, ‚eskortieren', also Einzelpersonen begleiten. Ein ausländischer Besucher, der sich in Wien nicht auskennt, die Sprache nicht versteht und in die Oper gehen will, mietet sich jemanden, der das organisiert und es mit ihm gemeinsam tut. Oder ein gutsituierter älterer Herr braucht eine attraktive weibliche Begleitung zu einem Empfang, eingedenk des berühmten Ausspruchs von Henry Kissinger, ‚Das Schönste an einem Mann ist meist die Frau an seiner Seite'. Auch erfolgreiche Business-Frauen nehmen diese Dienste zunehmend in Anspruch. Nicht selten führen die Begleitdienste dann bis ins Hotelbett des Gastes. Das muss aber nicht sein. Letztlich ist es meist eine Frage von Angebot und Nachfrage, also eine des Preises."

„Wie viel könnte ich da verdienen?", war ich neugierig geworden.

„Je nach dem, zu welchen Diensten du bereit bist, bis zu einigen hundert Euro für den Abend samt Nacht", war Michaels Antwort. „Vorausgesetzt, ein Kunde weiß, dass es dich gibt und dass er dich buchen kann. Und da sind wir wieder bei dem Problem angelangt, das alle Wirtschaftreibenden quält, und das heißt ‚wirb oder stirb'. Du, liebe Shiva, darfst das aber nicht offensiv, vor allem nicht öffentlich in den Medien, weil du hier praktisch als U-Boot lebst und arbeitest."

Ich senkte resignierend den Kopf. „Wenn ich nicht eine neue Anstellung finde, bevor mein Erspartes aufgebraucht ist, muss ich wohl wieder zurück in meine kleine Welt? Oder?"

„Nicht unbedingt.", gab mir Michael neuen Mut, „Denn es gibt eine Möglichkeit an Kunden zu kommen, ohne große Kosten und ohne in der Öffentlichkeit groß aufzufallen. Das Zauberwort heißt Speed-Dating. Weißt du, was das ist?"

Ich schüttelte den Kopf.

„Wie soll ich es dir erklären. Mathematisch als bijektive Abbildungen zweier gleichmächtiger Mengen aufeinander oder an einem Beispiel?"

„An einem Beispiel."

„Gut. Du warst doch schon tanzen."

Ich nickte.

„Sehr gut. Stelle dir eine Tanzschule vor, wo auf der einen Saalseite die Burschen und auf der anderen Seite gleich viele Mädchen in einer Reihe stehen. Nun sagt der Tanzlehrer, dass jedes Mädchen zu dem genau gegenüberstehenden Burschen gehen soll, und dass die so gebildeten Paare den nächsten Tanz bestreiten. Ist der vorbei, stellen sich alle genauso auf wie vorher. Dann wechselt der ganz links stehende Bursche an die ganz rechte Position der Reihe. Treten die Burschen nun einen Schritt nach links, dann stehen sich Burschen und Mädchen in durchwegs neuen Paaren gegenüber. Nach dem nächsten Tanz beginnt das Spiel von neuem, und zwar so lange, bis jedes Mädchen mit jedem Burschen genau einmal getanzt hat."

„Das hätte man einfacher erklären können", wollte ich Michael zeigen, dass ich nicht begriffsstutzig bin. „Im Fernsehen habe ich oft gesehen, wie sich zwei Mannschaften am Fußballfeld durch ‚Abklatschen' begrüßen. Da geht die eine Mannschaft an der anderen vorbei und jeder Spieler gibt dabei jedem anderen ‚Give me five'."

„Aber anders als am Spielfeld", machte Michael mein schönes Beispiel madig, „dient die Prozedur nicht bloß der Begrüßung, sondern dazu, dass die Beteiligten Präferenzen bilden, mit wem er oder sie sich gerne oder sicher nie wieder zum Tanzen treffen will. Auf diese Weise lernt man einander in der Tanzschule unverbindlich kennen, verabredet sich mit akzeptablen Partnern zu weiteren Tänzen, und schließlich zu mehr. Nicht wenige Eheschließungen haben so begonnen."

Soweit hatte ich in der Tanzschule zwar nicht gedacht. Aber ja, so hätte es durchaus passieren können. Erich war durchaus passabel, Moritz sicher nicht. Aber daraus wurde leider nichts, weil ich ja die Kursgebühr nicht bezahlen konnte.

„Magst du an einem Speed-Dating teilnehmen?"

„Warum nicht? Was vergebe ich mir dabei?", war meine kühne Antwort, obgleich ich mich gar nicht danach fühlte.

„Gut. Da du mit dem Computer noch nicht firm bist und ich nicht will, dass du Daten eingibst, die eigentlich geheim bleiben sollen, werde ich das für dich übernehmen. Wenn ich mehr weiß, werde ich dich telefonisch benachrichtigen. Gabriels Telefon und Computer bleiben hier und können von dir unter seinem Vertrag weiterverwendet werden. Du trägst aber ab Beginn des nächsten Monats die Kosten. Ok?"

Ich nickte, obwohl mir nicht klar war, welche Daten ich geheimhalten müsse. Michael würde mir das dann schon noch genau sagen. Jetzt musste ich einfach auf seinen Anruf warten. Wie ich die Wartezeit nützen wollte, wusste ich auch. Antworten finden auf die Frage, was da so besonders wäre an den indischen Liebesspielen oder wie eine Tantra-Massage wirklich abläuft. Ich war so vertieft in den Computer, dass ich Michaels Abgang gar nicht merkte.

Kap_34 Speed-Dating

Michaels Anruf riss mich nach knapp einer Stunde aus meinem Studium der indischen Liebeskunst.

„Shiva, ich habe bei einem Freund, der ein Institut für Partnersuche betreibt, einen Termin für dich arrangiert. Ich schicke dir Ort und Zeitpunkt zur Sicherheit per SMS auf Gabriels Handy, das ja nun deines ist. So kannst du anders als beim Pincode jederzeit nachschauen, falls Unsicherheit besteht. Die Kosten deiner Anmeldung habe ich vom Konto abgebucht, das ich für dich verwalte."

„Danke", sagte ich, obwohl ich mich gar nicht wohlfühlte. Immer näher kam die endgültige Ent-

scheidung für oder gegen eine neuerliche Grenz-
überschreitung, nämlich die in einen Beruf des Sexbusiness.

„Damit", fuhr Michael fort, „habe ich alles getan,
dass dein Wohnen und zukünftiges Wirken den Behörden möglichst verborgen bleibt. Mein Freund
weiß nicht mehr von dir, als dass du Shiva heißt
und unter Gabriels Telefonnummer erreichbar bist.
Allfällige Zahlungen von dir an seine Firma erfol-
gen von deinem auf mich lautenden Konto. Ich lasse dich offiziell freundlicherweise als ehemalige
Pflegerin meines Vaters bis zum Finden einer neuen
Anstellung dort weiterhin wohnen, nicht als Miete-
rin, sondern als Mitbewohnerin. Die laufenden Betriebskosten der Wohnung buche ich als freiwillige
Mitbeteiligung von deinem Konto ab, solange noch
Geld darauf ist. Über eine Miete und deren Höhe
reden wir dann, wenn du in deinem neuen Job tatsächlich Geld verdienst. Im Übrigen weiß ich
nichts davon, welchen Job du in der Wohnung erle-
digst. Ist das klar? Ich will kein Verfahren am Hals
haben, dass ich in dieser Wohnung unangemeldet
ein Puff betreibe oder dulde."

„Aye aye, Sir."

„Damit auch du keines am Hals hast, solltest du
Folgendes beachten. Mache beim Speed-Dating nur
Andeutungen, gerade so viel, dass die Männer neu-
gierig werden. Kleide und schminke dich indisch.
Nicht unbedingt den Mund oder die Augen – das

brauchst du nicht. Nein. Male dir den typischen roten Punkt, das Bindis, das dritte Auge auf die Stirn. Früher war es das Zeichen für Verheiratet-Sein, heute ist es nur mehr Schmuck ohne feste Bedeutung. Mache dich auf diese Weise geheimnisvoll und trage dein Amulett unübersehbar am Hals. Dieses kann sogar als Startpunkt für das kurze Gespräch beim Speed-Dating dienen und lenkt schon in die gewünschte Richtung. Sage nicht, dass du bisher Pflegerin warst. Das muss geheim bleiben. Behaupte notfalls, dass du ein abgewiesener Flüchtling wärst, der von der Hand in den Mund leben muss. Deinen Unterhalt finanzierst du im Moment damit, gegen eine angemessene Spende Interessierte über die indische Liebeskunst zu informieren. Mit der Höhe ihrer Spende können sie bestimmen, wie tief diese Informationen gehen und wie lang diese dauern. Sag, dass das mindestens zwei Stunden wären. Falls sie anbeißen, gib ihnen deine Telefonnummer und eine ungefähre Adresse, also etwa ‚in der Innenstadt'. Nicht mehr. Erst wenn sie dich anrufen, sagst du ihnen genau, wann sie wohin kommen sollen und dass du im Interesse deiner Kunden nur Barspenden annimmst. Die Anonymität deiner Besucher sei dir ganz wichtig."

„Besorge ein paar Räucherstäbchen, Lampions, Duftkerzen und eine indisch aussehende bunte Überdecke fürs Bett und irgendwelche Statuen von indischen Gottheiten. Die gibt es um billiges Geld in jedem der Dritte-Welt-Läden zu kaufen. Das gibt deiner Arbeit die nötige Atmosphäre und kostet nicht viel."

„Besorge dir in der Apotheke Massageöl, Desinfektionsmittel, Feuchttüchlein und Präservative. Sauberkeit und Hygiene sind wichtig, nicht zuletzt zu deinem eigenen Schutz. Das Limit auf deinem Konto habe ich für derartige Einkäufe inzwischen erhöht."

„Begrüße den Besucher an der Wohnungstür mit einer Geste und Sprachformel, wie sie in Indien angeblich üblich ist. Auf Youtube gibt es dazu jede Menge Filme als Vorbild. Frage, ob er sich die unbedingt nötigen zwei Stunden Zeit genommen habe und rede nun nicht mehr von Spende, sondern nenne einen Grundpreis von etwa 100 € pro Stunde, den du dir gleich geben lässt. Deute noch nicht an, dass du zu Extradiensten bereit wärst. Tue das erst, wenn der Mann in der Stimmung ist, dafür viel Geld auszugeben, und auch nur dann, wenn du dazu bereit bist. Kurz: tue nichts, wovor dir unüberwindlich ekelt oder was deine Gesundheit gefährden könnte. Du selbst bleibst immer angezogen. Für deine Arbeit brauchst du nur deine Hände und deinen Mund – und auch den normalerweise nur zum Reden und Reden, während du streichelst und liebkost. Wahre deine Jungfräulichkeit."

„Lass dir mit allem Zeit! Er bezahlt dich ja dafür! Biete ihm daher zunächst eine Tasse Tee an, eventuell mit Keksen, die angeblich nach uraltem indischen Rezepten hergestellt wurden, in Wahrheit aber aus dem Supermarkt stammen. Beginne ein Gespräch, möglichst keine Diskussion. Der Kunde möchte mit dir nicht streiten, sondern von dir verstanden und verwöhnt werden. Tantra-Massage besteht zu einem großen Teil aus Reden. Erst dann bitte ihn in das Schlafzimmer und beginne, ihm sanft und langsam beim Entkleiden zu helfen. Wenn er sich dann nackt am Rücken aufs Bett gelegt hat, platziere Gabriels Handy mit seinem orangefarbenen Notfallknopf unübersehbar am Fußende des Bettes. Erkläre auf Nachfrage, dass das Handy zu deiner Sicherheit hier läge. Schließlich wären nicht alle Besucher so nett und vertrauenswürdig wie er. Honig ums Maul schmieren ist immer gut fürs Geschäft. Lobe seine Männlichkeit, seine Brustbehaarung und die Größe seines Schwanzes, das Fehlen eines dicken Bauches und vor allem, wie jung und sportlich er noch aussehe. Denn deine Kunden werden meist ältere Männer sein. Glaube mir: Selbst wenn das ganz offensichtlich gelogen ist, wirkt es und öffnet die Geldbörse. Vor allem: lass dir und ihm Zeit."

Ich war erschlagen von all den Ratschlägen – oder soll ich Anweisungen sagen?

„So, und nun mach dich fertig! Von der Wohnung zum Institut für Partnersuche brauchst du zu Fuß gute 10 Minuten. Das kannst du noch bis zum Beginn um 20:30 Uhr schaffen!"

Beim Speed-Dating lief dann alles genauso ab, wie von Michael angekündigt und von mir erwartet.

Nach einem freundlichen Empfang mit einem Glas Sekt an der Bar des Instituts nahmen wir an einem sehr langen Tisch Platz. Auf der einen Seite sieben Frauen, auf der anderen Seite sieben Männer. Nach jeweils sieben Minuten ertönte ein Gong, der die Männer hieß, einen Platz weiter zu rücken.

Im Laufe der sieben Gespräche baten mich zwei Männer um meine Visitenkarte. Da ich keine habe, sagte ich ihnen meine – sprich Gabriels bisherige – Telefonnummer an, die sie gleich in ihr Handy eintippten. Ab morgen könnten sie mich anrufen, ergänzte ich zuletzt.

Daheim angekommen ließ ich mich nach diesem ereignisreichen Tag total erschöpft ins Bett fallen.

Gleich am nächsten Morgen besorgte ich nach Michaels Vorschlägen Hygieneartikel, indische Accessoirs wie Skulpturen, Kleidungstücke, Decken und Wandteppiche, um mich und die Wohnung auf indisch zu trimmen.

Dann hieß es warten. Ich nützte die Zeit, mich im Internet weiter über meine zukünftige Tätigkeit klug zu machen. Als das Telefon klingelte, wusste ich, dass zumindest einer angebissen hatte. Es wurde ernst. Nun musste ich mich endgültig entscheiden, ob ich diese letzte Grenze wirklich überschreiten will – so wie dazumal Cäsar den Rubikon.

Kap_35 Das zweite erste Mal

Ich war sehr aufgeregt und unsicher, als ich im bunten Sari meinem ersten Kunden die Tür öffnete. Draußen stand der mir schon bekannte Mann Mitte fünfzig mit dicker Hornbrille, aber ohne Moritz Pickel. Er hatte sich beim Speed-Dating als Franz vorgestellt und wirkte damals auf mich recht sympathisch. Sonst hätte ich ihm erst gar nicht meine Telefonnummer gegeben.

Er war offensichtlich noch aufgeregter und unsicherer als ich. Ich begrüßte ihn, wie ich es mir von den Filmen abgeschaut hatte: mit gefalteten Händen und gebeugtem Kopf und mit einer angeblich indischen Begrüßungsformel, die ich auswendig gelernt hatte, ohne allerdings zu wissen, was sie bedeutet. Mit einer einladenden Handbewegung bat ich ihn im Wohnzimmer am Tisch Platz zu nehmen.

In dessen Mitte hatte ich eine kleine Statue des indischen Elefantengottes aufgestellt als Kristallisationspunkt für ein erstes, ganz unbefangenes Gespräch über Indien und die indische Liebeskunst. Als Franz aber in seiner unübersehbaren Unsicherheit und Nervosität das angebotene Thema nicht aufgriff, musste ich die Initiative übernehmen.

„Darf ich Ihnen Tee anbieten?", fragte ich unterwürfig. Ich verwendete bewusst das höfliche SIE. Er sollte das Gefühl haben, dass ich seine Dienerin sei.

„Gerne", war die Antwort, obgleich ich mir nicht sicher war, ob er das Teetrinken nicht als Zeitverschwendung empfand. Ich holte aus der Küche den bereits vorbereiteten Tee und goss ihn heiß dampfend in seine und meine Teeschale. Ich hielt mich strikt an Michaels Tipps und gewann damit Zeit, auch Zeit, wo sich mein wild klopfendes Herz an die ungewohnte Situation gewöhnen konnte.

„Sie haben sich ausreichend Zeit genommen, ja? Meine Einführung in die indische Liebeskunst dauert mindestens zwei Stunden und kostet pro Stunde 100 €. Wären Sie so lieb, mir diesen Betrag schon jetzt zu geben?"

Er war. Er holte seine Geldbörse heraus und gab mir zwei Einhundert-Euro-Scheine. Viele weitere steckten drinnen, wie ich unschwer sehen konnte. Er wäre also in der Lage, für Zusatzdienste zu bezahlen. Aber so weit waren wir noch lange nicht.

In der Zeit des Teetrinkens deute ich an, was ihn erwartet. Dass die Tantra-Massage eine Serviceleistung am Mann wäre. Dass ich als Frau die Aufgabe habe, ihn mit unendlicher Geduld und Hingabe zu verwöhnen. Dass es in Indien anders sei als hier in Europa, wo unter Berufung auf Gleichberechtigung und Emanzipation zunehmend der Mann der sei, der der Frau zu dienen und ihr zum Orgasmus zu verhelfen habe.

Daraufhin deutete er an, dass er das auch so sehe und zunehmend von den hiesigen Frauen angewidert sei. Ob er deswegen allein lebe oder dennoch eine Freundin oder Ehefrau habe, fragte ich ihn nicht. Ehering trug er jedenfalls keinen. Das sah und fühlte ich, weil ich seine Hand schon eine ganze Weile sanft streichelte. Ich wollte mich so selbst behutsam daran gewöhnen, dem mir völlig Unbekannten nahe und immer näher zu kommen.

Schließlich hatten wir den Tee getrunken. Ich geleite Franz ins Schlafzimmer, wo ich die Duftkerze und Räucherstäbchen entzündete. Er stand unsicher daneben und wusste nicht recht, was er nun tun solle. Ich nahm ihm die Entscheidung ab, indem ich mit beiden Händen vom Kragen beginnend über sein Sakko nach unten strich, bis zu jenem einzigen Knopf, der dieses geschlossen hielt. Ich öffnete den Knopf, fuhr mit meinen Händen in das Innere des Sakkos und bewegte meine Hände am Nabel beginnend wieder sanft zurück zum Hals, um ihm von dort aus das Sakko über die Schultern und Arme herunterzuziehen. Der erste Teil seiner Entblätterung war vollführt. Ich war stolz auf mich und auch auf ihn, wie brav er das geschehen ließ.

Dann griff ich zu seiner Brille und wollte sie ihm abnehmen. Diesmal ließ er nicht willig geschehen, sondern protestierte und wehrte sich.

„Bitte nicht. Ich habe sehr starke Brillengläser. Ohne Brille sehe ich nichts und bin absolut hilflos."

„Umso besser", sagte ich sanft. „Sie brauchen nichts zu sehen. Das würde Sie sogar vom Geschehen ablenken. Sie sollen sich fallen lassen, geschehen lassen, sich ganz auf Ihren Körper konzentrieren, auf alle seine Teile. Auf Teile, die Sie schon lange nicht mehr bewusst wahrgenommen und wohlig gespürt haben. Atmen Sie insbesondere ganz bewusst. Fühlen Sie, wie neues Leben in Sie hineinströmt und das Schlechte Sie verlässt."

Nachdem er mich schließlich doch seine Brille abnehmen ließ, widmete ich mich seiner Krawatte, die ich lockerte, bis ich sie ohne Lösen des Knopfes langsam und vorsichtig über seinen Kopf ziehen konnte.

Dann war das Hemd dran. Ich öffnete Knopf für Knopf mit unendlicher Langsamkeit, wobei meine Finger die Distanzen von Knopfloch zu Knopfloch sanft über den Brustkorb und den Bauch streichelnd zurücklegten. Nach Öffnen der Manschettenknöpfe konnte ich das Hemd abstreifen. Die nächste Grenze zwischen mir, sprich meinen Händen und seinem nun blanken Körper, war gefallen.

Dann bat ich ihn, sich aufs Bett zu setzen. Ich kniete wie demütig vor ihm nieder und zog ihm einen Schuh nach dem anderen aus. Danach begann ich seine Zehen und Füße sanft zu massieren, bevor ich ihn von seinen Socken befreite.

Schließlich kam sein Gürtel dran. Diesmal stellte ich mich schon weit geschickter an als bei Michael. Und als ich ihn endlich bat, aufzustehen, rutschte seine Hose wie von selbst zu Boden. Mit einer sanften Armbewegung drückte ich ihn sodann zurück aufs Bett, hob seine Beine und drehte diese aufs Bett hinauf. Mit sanftem Druck auf seine Schultern brachte ich ihn endlich in Rückenlage. Nun lag Franz vor mir, nur noch mit seiner altmodischen Unterhose bekleidet. Damit hatte ich ihm und mir geholfen, uns an die ungewohnte Situation zu gewöhnen. Wie hieß es in einem alten Sprichwort: ,Langsam mit der Braut ins Bett'. Er war zwar nicht meine Braut und ich nicht der Bräutigam, aber die Situationen waren doch ähnlich.

Ich betrachtete ihn. Ja, für sein Alter, das ich aber nur geschätzt hatte, war er noch recht gut drauf. Daher fiel es mir nicht schwer, ohne krasse Lügen lobende Worte zu finden. Zärtlich kraulte ich seine mäßige Brustbehaarung. Dann begann ich mit einem Finger Achterschleifen um seinen Nabel zu fahren.

„Das ist zur Stärkung deines Chi", sagte ich geheimnisvoll, obwohl ich davon nicht mehr wusste, als was ich in einem Youtube-Clip gesehen hatte. Aber offensichtlich wirkte es wirklich. Ich merkte, wie sich seine Bauchmuskeln spannten, ebenso wie seine Unterhose. Der dort wachsende Hügel verriet mir, dass ich mich auch dieser Region widmen sollte. Ich tat dies, ohne ihn von seiner Hose zu befreien. Sanft bewegte ich meine rechte Hand über den Hügel, der sich immer mehr rundete. Als er leise zu stöhnen begann, verließ ich den Hügel wieder

Richtung Bauch, den ich nun mit beiden Händen sanft massierte, bis sein Stöhnen leiser wurde.

Dann bewegten sich meine Hände gegengleich kreisend vom Bauch nach oben, kraulten durch die Brustbehaarung und widmeten sich seinen Nibbeln. Sie als Brustwarzen zu bezeichnen, gefällt mir gar nicht. Das klingt so abwertend. Dabei sind auch die Nibbeln eines Mannes sehr sensibel, vielleicht nicht so sehr wie die einer Frau, aber sichtlich erogen, denn auch sie wurden steif und hart. Ich verließ sie Richtung Hals und Nacken, dessen Empfindlichkeit jeder Liebesfilm bezeugt, wenn der Mann eine Frau dort küsst oder sanft beißt und sie sich dem willig und genussvoll hingibt.

Franz war hier anders. Man sah, dass dieser Teil seines Körpers schon lange nicht die zärtliche Zuwendung erfahren hatte, die meine Hände ihm jetzt gaben.

Von dort war es ein kurzer Weg zu den Ohren, in denen nach Glauben der chinesischen Medizin sich der ganze Körper abbildet, wie man auf jeder Akupunkturtafel nachlesen kann. Dann ging es über die Wangen und die Schläfen bis zur Stirn und den Haaren, und dann den gleichen Weg zurück.

Franz hatte inzwischen aufgehört zu keuchen und sich mit rot glühenden Ohren beruhigt. Das war auch gut so. Die Tantra-Massage hat ja laut meinen Recherchen im Internet die Aufgabe, den ganzen Körper mit Energie aufzuladen, ihn anzuspannen und dann in einer ekstatischen Form wieder zu entspannen, bis in seinen letzten Winkel. Dass bei diesem Anspruch der Lingam, das Geschlechtsteil des Mannes, und die Yoni, das Geschlechtsteil der Frau nicht außen vor bleiben konnten, ist wohl klar, wobei aber Letzteres wohl für die meisten Kunden im Vordergrund stand. Ich nehme Franz hier nicht aus.

Ich machte einen kurzen Blick auf meine Uhr. Erst 56 Minuten vergangen. Also widmete ich mich noch nicht dem, was Franz sich wohl am meisten wünschte, sondern seinen Armen. Erst dem linken, dann dem rechten, jeweils bei den Fingern beginnend und ganz besonders den sehr empfindsamen Hand- und Arminnenflächen.

Als ich bei den Schulten angekommen war, ging es wieder abwärts zum Bauch, dessen sanfte Massage sofort wieder die Frequenz seiner Atmung steigen ließ.

Um ihn zu beruhigen, sprach ich ihn an. Denn immerhin waren erst 67 Minuten vergangen und ich musste meine zwei Stunden irgendwie füllen.

„Wie geht es Ihnen, Meister?", fragte ich so sanft ich konnte. „Fühlen Sie sich wohl?"

Gezwungenermaßen musste er mir antworten. „Ja, danke, meine liebe Shiva. Ich fühle mich sehr wohl."

„Gut, dann werde ich mich nun Ihren Beinen widmen."

Ich stellte mich ans Fußende und begann am rechten Bein seine Zehen zu massieren, dann mit mehr Kraft seine Fußsohlen. Obwohl ich das bewusst machte, um seine erwachte sexuelle Gier endgültig zurückzufahren, fragte ich scheinheilig, ob ich es stärker oder schwächer machen solle. Dabei hatte ich an seiner Reaktion gemerkt, dass ihn die Massage schmerzte, nicht arg, aber doch. Wie gewünscht verringerte ich den Druck und bewegte mich zum Knöchel und zur Ferse. Von dort krochen meine Hände wie im Pilgerschritt Stück für Stück mit unendlicher Langsamkeit an beiden Seiten seines rechten Unterschenkels unter ständiger Massage nach oben. In gleicher Weise ging es dann den Oberschenkel hinauf. Je höher ich kam, umso mehr wuchs wieder ein Hügel zwischen seinen Beinen.

Doch diesmal ließ ich diesen unbeachtet. Stattdessen widmete ich mich nun dem linken Bein in gleicher Weise. Als ich schließlich am linken Oberschenkel angekommen war, war aus dem Hügel ein richtiger Berg geworden. Franz schnaufte und stöhnte vor Lust und Verlangen. So beschloss ich, ihn nicht länger zappeln zu lassen. Immerhin waren bereits 96 Minuten von den vereinbarten 120 Minuten vergangen. Zärtlich strich ich mit beiden Händen mehrfach über den Berg, fasste dann den Gummisaum der Unterhose und zog sie nach unten über die Oberschenkel. Ich brauchte Franz nicht extra aufzufordern, sein Becken zu heben. Er tat es bereitwilligst von selbst.

Da lag nun der große und der kleine Franz nackt vor mir. Falsch: der kleine Franz war gar nicht so klein und stand von einem dichten Haarkleid bekränzt in der Größe eines handlichen Schachturms kerzengerade in die Höhe. Meine Hände umkreisten ihn, sanft durch das Haarkleid gleitend und seine Bällchen kraulend. Franz hatte seine Augen geschlossen und schnaufte immer lauter. Von einem tiefen, bewussten, tantraischen Atmen war er weit entfernt, obwohl ich ihn dazu immer wieder sanft ermunterte. Währenddessen versuchten meine Hände mit immer neuen Griffvariationen den Turm hinauf zu klettern, rutschten aber auf halber Höhe immer wieder ab. Sie ließen sich aber nicht entmutigen und schafften es, jedes Mal ein bisschen höher zu kommen.

Ein verstohlener Blick auf meine Uhr sagte mir, dass inzwischen 103 Minuten vergangen waren und wir in die Zielgerade einbiegen sollten, wenn noch Zeit für Ruhen, Duschen und ein abschließendes Gespräch bleiben sollte.

„Wollen Sie, dass ich die Turmbesteigung mit meinen Händen nun vollende oder soll ich noch wie eben weitermachen? Das kostet dann eine weitere Stunde. Ebenso, wenn Sie ein Finale wünschen, woran meine Zunge beteiligt ist. Das kostet weitere hundert Euro."

Michael hatte recht gehabt. Biete nichts an, solange der Mann noch nicht heiß ist. Wenn du ihm erst einmal richtig eingeheizt hast, zahlt er dir fast jeden Betrag, um endlich Erlösung zu finden. So auch Franz.

„Gut, ja, du bekommst deine zusätzlichen 200 €", stöhnte Franz. „Bitte mach noch lange so weiter und erlöse mich dann mit deinem Mund und deiner Zunge."

Und so besorgte ich es Franz namenskonform französisch, hingebungsvoll und freudig ob der leicht verdienten Euros.

Leicht verdient? Na ja. Es kostete mich schon große Überwindung, aber auch nicht mehr als damals bei Michael. Damals überschritt ich meine sittlichen Grenzen aus grenzenloser Dankbarkeit. Vielleicht war es sogar Liebe. Heute für Geld, für viel Geld. Immerhin musste ich früher in dieser Wohnung eine ganze Woche für das arbeiten, was ich nun in drei Stunden mein Eigen nennen durfte. In Rumänien waren es sogar vier Monate gewesen.

Beim Säubern mit Reinigungstüchlein half ich Franz noch. Dann deckte ich ihn mit einem Laken zu, damit er das eben Erlebte nachwirken lassen konnte. Anziehen musste er sich danach allein.

Das abschließende Gespräch war kurz und bestand vor allem darin, dass Franz sich einen Termin in genau einer Woche reservierte. Ich war stolz auf mich. Ich hatte offenbar wirklich den Dreh heraußen und Talent für diesen Job.

Kap_36 Epilog: Mein Bruder

So saß ich, nachdem ich Franz zur Tür geleitet und freundlich verabschiedet hatte, nun am Tisch und starrte auf die beiden leeren Teetassen und die vier Einhundert-Euro-Scheine.

War es leicht verdientes Geld gewesen? Ja und nein. Vom Zeitaufwand auf alle Fälle, obwohl es Leute auf dieser Erde gibt, die das pro Minute verdienen. Verdienen? Falsch: bekommen oder es sich einfach nehmen!

Von der Überwindung von Grenzen in sittlicher und moralischer Natur? Ja, schon. Es bedurfte einiger Überwindung, vor allem beim Zusatzdienst. Aber gilt das nicht generell, wenn man einen Menschen in seine Intimsphäre eindringen lässt oder selbst dort eindringt. Einer Frau in der Hochzeitsnacht – Blödsinn, wer wartet heute bis dahin – mag es ähnlich gehen.

Dennoch blicken viele Ehefrauen mit Verachtung auf Leute wie mich herab, die ihren Ehemännern das bieten, was sie als Ehefrauen eigentlich tun sollten, aber verweigern. Entweder unter Hinweis auf Kopfschmerzen oder generell, dass sie so etwas nicht machen können oder wollen. ‚Da musst du zu einer Hure gehen‘, sagen sie. Aber wenn der Ehemann das wörtlich nimmt, sind sie böse, sowohl auf ihren Mann als auch auf die Huren. Dabei nehmen ihnen diese ihre Männer ja nicht weg. Im Gegen-

211

teil: sie verhindern möglicherweise, dass der Ehemann frustriert sich eine andere Frau oder Ehefrau sucht, die seine sexuellen Bedürfnisse ein wenig ernster nimmt und befriedigt.

Ach ja: wie sagt man? Die Huren tun das ja nicht aus Liebe, sondern nur für Geld. Wie viele Ehefrauen aber nur deswegen einen bestimmten Mann geheiratet haben, weil der Auserwählte sehr viel Geld hat, wird gerne verschwiegen und ausgeblendet.

Ich hatte keine Ahnung, ob Franz verheiratet und reich war. Ich wusste nur, dass er wiederkommen würde. Und wenn ich vielleicht bei Speed-Datings noch ein paar weitere Stammkunden an Land ziehen konnte, hatte ich ausgesorgt. Irgendwie war ich dann mit meinen Stammkunden quasi verheiratet und hielt ihnen die Treue.

Kinder wollte ich weder von ihnen noch von sonst jemandem, solange ich diesen Job ausübte. Damit wollte ich warten, bis ich mir genügend für mein späteres Leben zusammengespart hatte und mir ein Mann über den Weg läuft, der versteht, aus welcher erbärmlichen Situation heraus ich mit kleinen Schritten in diesem Job geschlittert war – oder noch besser: der das nie erfährt.

Es war ein Weg voll von kleinen und großen Grenzüberschreitungen, wo ich aber niemals meine Selbstachtung verlor. Die herablassende Fremdachtung insbesondere durch jene Frauen hierorts, die ohne ihr Zutun in einen unermesslichen Wohlstand hineingeboren wurden, die niemals so hart und so schlecht bezahlt arbeiten mussten wie ich, ist mir egal. Ich hoffe nur, dass meine Familie nie erfährt, was ich hier tue.

Doch darin hatte ich mich aber leider getäuscht.

Lautes Klingeln an der Wohnungstür riss mich aus meinen Gedanken. Komisch, sagte ich mir und blickte herum, ob Franz irgendetwas vergessen hatte. Ich konnte aber nichts entdecken. Oder war es gar schon die Polizei, vor der mich Michael gewarnt hatte?

Es klingelte nochmals. Es half nichts. Ich musste wohl öffnen.

Vor der Tür stand mein Bruder.

„Wie bist du ins Haus gekommen?", fragte ich völlig überrascht, weil das Haustor nicht offen steht. Dadurch vergaß ich völlig auf die übliche Begrüßung. Ich sollte wohl sagen: geziemende Begrüßung. Denn das Verhältnis zu meinem Bruder war in den letzten Jahren immer schlechter geworden. Während ich bei den Wirtsleuten brav arbeitete und von dem wenigen sauer verdientem Geld immer wieder kleine Beträge meinen Eltern abgab, gab er dieses Geld aus – wofür auch immer.

An ihn hatte ich gar nicht gedacht, als ich überlegt hatte, wo das mit Western Union transferierte Geld hingekommen sein könnte. Ich wollte ihn das gleich fragen, kam aber nicht dazu.

213

„Ich studierte gerade diese Tafel mit den vielen Druckknöpfen …

„… du meinst unsere Sprechanlage."

„… als ein Mann herauskam. Er ließ mich eintreten, als er sah, wie hilflos ich davor stand. Ursprünglich wollte Vater aufgrund deines Briefes selbst herfahren, um zu klären, wo das von dir überwiesene Geld hingekommen ist. Ich konnte ihn dazu überreden, mir die Adresse zu geben und mich fahren zu lassen. Mein Argument war, dass ich gerne meine Schwester und deren Glitzerwelt sehen würde und mich ja auch darum kümmern könne."

„Vater hat dir dies geglaubt? Der weiß doch, dass wir uns zunehmend auseinandergelebt haben."

„Eben. Er dachte, dass uns das wieder näher zueinander bringen könnte."

Ich sah meinen Bruder lange prüfend an.

„Darf ich dir eine Frage stellen?"

„Nur zu."

„Hast du vielleicht das Geld an dich genommen, das für Vater bestimmt war?"

Mein Bruder wurde unter seiner Bronzehaut bleich und schluckte. Schließlich gab er sich einen Ruck und sagte mit aufgesetztem, breitem Grinsen:

„Ja. Na und? Ich habe nichts und du hast so viel, dass es sogar hier offen am Tisch herumliegt."

Bei diesen Worten steckte mein Bruder einfach das Geld ein. Ich war fassungslos. Damit nicht genug, fragte er mich unverblümt: „Wie übrigens kommst du zu so viel Geld?"

Jetzt wurde ich unter meiner Bronzehaut bleich. Ich konnte meinem Bruder unmöglich die Wahrheit sagen. Er würde durchdrehen. So sagte ich einfach:

„Jedenfalls nicht durch Stehlen so wie du."

Abgesehen von einem kurzen Lacher ignorierte mein Bruder meine Antwort und sah sich ungeniert in der Wohnung um.

„Stimmt! Das sehe ich! Ich bin ja nicht blind. Eine brennende Duftkerze und abgebrannte Räucherstäbchen, deren Geruch noch in der Luft liegt. Ein zerwühltes Bett und hier am Tisch zwei eben benützte Teetassen und 400 €. Und unten ein Mann, der eilig mit gesenktem Kopf das Haus verlässt. Ich kann eins und eins zusammenzählen. Du bist eine Schlampe, eine Hure geworden. Meine Schwester eine Nutte. Pfui Teufel."

Wütend trat er vor mich und schlug mir mit der flachen Hand ins Gesicht. Ich spürte, wie meine Lippe platzte.

„Du wirst nicht weiter unsere Familie entehren", brüllte er. Er, der sie durch seine Diebstähle und seinen arbeitsscheuen Lebensstil längst entehrt hatte. Und wieder schlug er mich am Kopf. Ich spürte noch, wie ich taumelte und nach hinten fiel. Das

Letzte, was ich wahrnahm, war ein stechender Schmerz, dann umfing mich Finsternis. Keine erdrückende, pechschwarze Finsternis, nein, eher eine bedrückende, bleiche Düsternis. Sehen im eigentlichen Sinn des Wortes kann ich diese nicht, aber förmlich mit Händen greifen. Sie fühlt sich an wie aufgehender grauer Brotteig, der mich zu verschlingen sucht. Trübe Nebelschwaden wabern um mich und lassen mich nicht erkennen, wo ich bin.

Ich will mich erheben. Ach, was sage ich: erheben. Ich kann es nicht, sosehr ich mich auch bemühe. Meine Gliedmaßen versagen mir in der klebrigen Düsternis den Dienst. Sie geben mir nicht einmal eine Rückmeldung darüber, ob ich liege oder aufrecht oder kopfüber stehe. Ich treibe schwere- und orientierungslos wie in einem Sumpf aus grauem Brotteig dahin, umweht von düster und unheimlich wallenden Nebelschwaden.

Um mich herum höre ich undeutlich eine Stimme. Ich kann nicht sagen, was sie sagt, woher sie kommt und wem sie gehört. Sie ist einfach da, einmal lauter, einmal leiser. Dann wieder gar nicht.

Alles um mich ist unwirklich. Ich muss wohl träumen, sage ich mir. Wären da nicht die Schmerzen. Seit wann hat man in einem Traum Schmerzen? Vielleicht bei Albträumen? Ja, so muss es wohl sein.

Nach und nach wird es um mich heller und lässt mich erleben, wie die Umgebung um mich herum zuerst nur schemenhaft, dann immer deutlicher Gestalt annimmt. Es ist der vertraute Anblick, den ich täglich wahrnehme und gleichermaßen zu lieben wie zu hassen gelernt habe. Es ist meine Welt, meine eigene kleine Welt.

Eigenartig ist dabei nur, dass ich mich dabei quasi aus der Vogelperspektive wie eine fremde, andere Person beobachte, die sich gerade Bilder aus ihrem Leben anschaut, die sich in immer schnellerer Abfolge zu einem Film verdichteten, bis dieser plötzlich ohne jede Vorwarnung in einem grellen Blitz reißt.

Ich will fragen, was das bedeutet. Aber niemand hört mich oder will mir antworten. Schließlich verschlingt mich der Brotteig und alles um mich herum wird pechschwarze Finsternis.

Inhaltsverzeichnis

Werke des Autors im Eigenverlag:

Genre Social-Fiction- und #MeToo-Romane:

Der Proklamator Band 1 (2017, 200 S.), 9,90 €

Der Proklamator Band 2 (2017, 230 S.), 9,90 €

Der Proklamator Band 3 (2017, 198 S.), 9,90 €

Die Empfängnisdame (2018, 200 S.), 9,90 €

Der Belästiger (2018, 202 S.), 11,00 €

(Pf)Affenliebe (2018, 204 S.), 11,00 €

Shivas (Ab)Wege (2019, 220 S.), 11,00 €

Der Raub der Schla(u)Wienerinnen, (2019, 208 S.), 11 €

Der Taugenichtssassa (erscheint 2020)

Theaterstücke:

(M)ein Valentinstag (2019) (sucht Aufführungswillige)

Daneben schreibt/schrieb der Autor Kinder- und Jugendbücher sowie Fachliteratur.

Neudrucke einiger der obigen Werke sind bei tredition und amazon sowie über den Buchhandel erhältlich. Weitere folgen. Unabhängig davon kann jedes Buch zum angegebenen Preis direkt bei von im Fernhandel erworben werden. Näheres (Probeseiten, Informationen zur Ausstattung, zum Autor, zu Neuerungen, zum Bestellablauf und Versand) finden Sie auf meiner Homepage

www.buecher-rvm.at

Oder kontaktieren sie mich direkt per E-Mail via

buecher.r.v.m@gmail.com

Zeitfracht Medien GmbH
Ferdinand-Jühlke-Straße 7
99095 Erfurt, Deutschland
produktsicherheit@kolibri360.de